再见之后，说再见

[土耳其] 汉蒂·艾特利 —— 著

陈阳 —— 译

广西科学技术出版社

每当你以为情况不会再糟时，
生活总会证明你错了。

Chapter 1

2003 年 10 月

很显然，这是悲惨的一天。

平生第一次，阿丝勒一醒来就特别想喝土耳其咖啡。咖啡煮开了，溅到炉子上弄得一团糟，这是今天的第一场灾难！接着，她最喜欢的那条能突显她迷人臀部的裤子，裆裂了。更惨的是，她开车一头撞在了垃圾车上。垃圾车当然完好无损，但她的车严重变形了，看着特别可怜，就像一张老男人苦大仇深的脸。阿丝勒浪费了整个早上的时间跟警察在一起，完成事故报告和其他手续。

出事的时候，她的车速都不超过每小时三十公里，但车子现在的状况简直跟她刚刚从一次撞击测试中死里逃生一样。当时她正在钱包里翻手机。对她这种一天中相当一部分时间都用来找手机的人来说,碰上这样的倒霉事也不足为奇了。"见鬼!"她爆发了。警察瞥了她一眼,挑起了眉毛。她毫不在意,更大声地骂了一句:"见鬼!"

去修车行的路上,阿丝勒觉得这座城市看起来更加肮脏阴沉了。尽管已是十月末,天气却仍然闷热。跟以往一样,她的信用卡都刷爆了,车险好几个月没付。她不知道情况会不会更糟,只盼望修车行的人不会找麻烦,尤其是别因为她没有预约而找麻烦。他们要是敢找麻烦,就得付出代价。最坏的情况估计就是她把车钥匙甩在某个人的脸上,跑出修车行,拦一辆出租车钻进去。她打电话给公司说可能会迟到的时候,已经晚了两个小时。谢天谢地,今天早上没有什么重要的业务要处理,也没有什么重要的会议要参加——其实那些会议一般也都不重要。

到了修车行,她摆出一副恼怒的神情,停下车,蹬着高跟鞋走了进去。烟雾缭绕的办公室里,两个男人正在喝茶。

"需要帮忙么?"坐在桌子后面的那个男人问。

"我出了车祸。"阿丝勒立刻解释道，"我得把车留下立马走人。我知道我没有预约，而且我没车险。这是我的名片。要是你能计算一下价格把粗略估价传真给我，那真是太谢谢了。"

聪明男人都不会去惹这样心情不好的女人。至少，他不会——正常情况下。

"深表同情。" 他那强势的声音里有某种东西激怒了阿丝勒。"谢谢。"她说着，把目光转向他。就在那一瞬间，时间凝固了。

每当你以为情况不会再糟时，生活总会证明你错了，会让你恨不得时光倒流。当然，在你觉得情况肯定不会好转时，这条规则才会失效。

阿丝勒觉得全身的血液都升腾了，她屏住呼吸。在这天之前，她几乎相信上帝已经不再作弄她了。不过她确定上帝现在又出动了。她的心脏怦怦地跳动着。无数杂乱无章的回忆涌上心头。她呆滞地望着那个已经站起来的男人。他微笑着说："你的表情像看到了鬼似的。"

"我是看到了。"阿丝勒答道。

Chapter 2

奥马尔轻吻阿丝勒脸颊的时候，她开始剧烈地颤抖。她把战栗的双手藏在背后，但是却控制不住双腿。她觉得自己就要倒下了。这时候，她闻到了他身上的古龙水——他换了香水。

"你还好吗？"奥马尔抓着她的肩膀问道。

"还好……看到你真吃惊。你在这儿干什么？"

"在这儿等你啊……开玩笑的啦。我只是路过跟梅里打个招呼。"

坐在桌子后面的那个男人大概就是梅里，向她点头示意确实如此。她回了一个标准的微笑，然后对奥马尔说："我看出来了，这段时间你头发变了不少，幽默感倒是没变。"她几乎不相信自己这么快就平静下来了。感谢上帝，她今天穿着得体，发型也不错，还得特别庆幸上个月减肥瘦了 6 磅。她自信满满地露出一个甜美的笑容，说："很高兴见到你，不过我现在得走了。"

"我也要走了。"奥马尔说，"我载你一程。"

"我办公室跟你的方向相反。"

"不不，我换了新办公室，正好顺路把你送过去。"

"我也换了办公室。"阿丝勒用尖锐的语气回答。

"别担心了。我知道你在哪工作。"他模仿她的尖锐。"梅里，这位小姐是我朋友。好好照顾她的车，好吗？"

奥马尔那句"这位小姐是我朋友"像一支箭扎进了阿丝勒的心里，她生出一种强烈的冲动，想拿钱包砸在他脸上。

"小姐不必担心。"梅里说，"我们会尽可能修复的。"

阿丝勒最不愿意的就是坐在奥马尔的车里和他聊天。但她也不想让他以为她巴不得立刻逃走，所以乖乖地跟着他。

当他们坐进奥马尔崭新的宝马时，整个世界都失真了。周围的一切看起来都像蒙上了一层薄薄的半透明乳白色。她的声音、她的双手、她的钱包、店里的维修工，甚至那轮在云层的缝隙中挣扎着露出脸庞的太阳，都让她感到陌生。她整个人陷进皮座里，深呼吸，嗅着车的气味，让自己确信这仍然是现实世界。趁着奥马尔启动引擎，她暗自思忖：*他一定是和别人谈起过我。要不然他怎么知道我在哪里工作？*

整整七年，她从未提过奥马尔的名字，也从不允许别人跟她谈论他。她从不提他。

车开在路上，阿丝勒瞄了一眼奥马尔。他的头发泛出了些许灰色，额头上的皱纹更深了。他穿着高档西装，干干净净的高领白衬衫。他一向很注重外表。即使这么多年过去了，他依旧没长肚子，看起来很精壮。

"你的状态看起来不错。"阿丝勒打破了沉默。

"谢谢。你也是啊。事实上，你看起来比以前还要好。"

"得了吧。"阿丝勒反驳道，"我是个三十四岁的半老徐娘。"但其实，她知道自己看起来美极了，这让她有一种奇特的胜利感。她一直都很吸引男人的目光。金色的鬈发修饰着她的面庞，褐色的双眸时不时闪现墨绿的浅影。

奥马尔以前总称赞她的眼睛像蜂蜜一样甜美。但也是他，曾让同样的一双眼睛变得血红……

阿丝勒在内心深处感到一阵尖锐的疼痛——她曾以为这种痛楚早已消失。这么多年过去了，她付出那么多去努力忘记，而它竟依然存在，这让阿丝勒不禁颤抖起来。很明显，时光掩盖了她的伤痛，却并未让它痊愈。她感到无助。她显然无法应对经历过的那些事。

仿佛是凑巧，她打了个喷嚏。她从钱包里抽出纸巾擦干眼睛，轻声说道："我过敏。"

确实，她对很多东西过敏：灰尘、清洁剂、动物毛发，还有奥马尔……

"我知道。"他说，"泽琳告诉过我。我还听说你打了疫苗，有效果么？"

阿丝勒看向奥马尔，审视着他，嘟哝了一句："嗯，好多了。"

她觉得精疲力竭，脑袋里就像刚遭到轰炸的集市，混乱且喧嚣。看来泽琳一直在给他做眼线。他们见过？这个混蛋仍然联系她的朋友，而她的朋友也还跟他说话！

　　泽琳是阿丝勒最亲密的朋友之一。她亲眼看见阿丝勒这些年都经历了什么，也目睹了这个男人是如何让她饱受痛苦的。她见证了阿丝勒生命中最煎熬的日子，知道阿丝勒曾多么崩溃。但是，泽琳却仍然和奥马尔说话，还向他透露阿丝勒的情况。什么乱七八糟的！阿丝勒突然觉得自己很像《楚门的世界》[1]里那个可悲的傻瓜。

　　一旦发生不幸，最亲近的朋友也会变成嗜血的鲨鱼。他们会为零星消息或者些微的细节不顾一切，以此来满足自己八卦的欲望。阿丝勒对此司空见惯了：总有些人的快乐要建立在别人的痛苦之上。

　　奥马尔猛地捉住她的手。"告诉我，最近怎么样？这些日子你在做什么呢？"

　　阿丝勒的心脏疯狂地跳动着，她压抑着自己想要逃离的冲动，担心自己就要晕过去了。"没什么。"她答道，"寻常日子……上班什么的……你懂的。"

　　"我听说你一直在拼命工作。"

1.美国电影，由金·凯瑞主演。影片向我们展现了一个平凡的小人物是怎样在毫不知情的情况下被制造成闻名的电视明星，却完全被剥夺了自由、隐私乃至尊严，成为大众娱乐工业的牺牲品。

阿丝勒没有回答，只是笑了。这恐怕也是泽琳告诉他的。她想知道她的朋友还说了些什么。奥马尔也了解阿丝勒的感情生活吗？那些在她生活中来了又去的男人，他知道吗？

只要五分钟就到她的办公室了。

"你撞的那辆车损坏严重么？"奥马尔问。

"至少我不用赔钱。"阿丝勒说。

"怎么？"

"你太不要脸了！"阿丝勒说，"别这样看着我。你清楚我不是那种肇事逃逸的人。"**不像你，**她心想。"我撞的是辆垃圾车。"

太不可思议了！她正坐在奥马尔边上，一面开玩笑一面装冷酷。似乎时间会教人做一个出色的演员。

"你还在生我的气么？"奥马尔问。

这个问题在阿丝勒的意料之外。她爆发出一阵大笑。"都过去多少年了？几个世纪了好吗！"

"真的么？"奥马尔注视着她。

"啊，到办公室了。"阿丝勒说。

　　大宝马停在了路边。阿丝勒从车里出来，向奥马尔愉快地挥手。云散了，太阳出来了。她转身，优雅地走向办公楼。直到此刻，她才允许眼泪从脸上滑落。

Chapter 3

　　她穿过巨大的旋转门，在前台好奇的目光中走进了电梯。到了九层，她没有回应同事的问候，迅速躲进了自己的办公室。尽管四周有厚墙的保护，她仍觉得能听见大家在窃窃私语。"都见鬼去吧！"她抱怨道。他们都该下地狱。她整个人像个干瘪的袋子一样倒在米色沙发上，心跳开始减速。她的全身都被低气压笼罩着，倍感疲惫，任凭被泪水打湿的眼妆把沙发套蹭脏，沉沉睡去。

　　刺耳的电话铃声把她激了起来。她默念着自己知道的所有脏话，拿起了话筒。她的秘书腼腆地通知她，总经理阿里·卡利姆让她去他办公室。真会挑时候！他是眼下自己最不想见的人。她补了补妆，匆匆忙忙地理了理头发，走出办公室去见"锤头鲨"[1]。锤头鲨是阿丝勒给阿里·卡

---

1. 又称双髻鲨，以其头部的形状酷似锤头而得名。

利姆起的外号，在公司里很快就传开了，没过三天当事人自己也知道了。当他向阿丝勒询问原因的时候，她连否认的机会都没有。当然，她不可能直接告诉他这是因为他长得就像一头锤头鲨。所以，她解释说，这个绰号能表现出他对竞争者无情的态度以及用敏锐的智慧打倒竞争者的作风。"你用头脑战胜了他们。"她撒着弥天大谎，同时暗暗在心底咒骂自己。她甚至说，她觉得那些对此事有不同说法的人是别有用心。阿里·卡利姆对她的解释很满意，骄傲地接受了这个绰号。阿丝勒后来还担心他会让广告公司设计一个锤子形大脑的图标。

她走进阿里·卡利姆的办公室，他那夸张的笑容和虚假的自信让阿丝勒比平时还要反感。他那微微抬起的眉毛使他的脸上浮现一种惶惑的，还有一点愚蠢的神色。阿丝勒觉得，他这种表情自打他得知自己成为总经理之后就一直凝固在了脸上。阿里·卡利姆是个彻头彻尾的蠢货，从来没有人想到他会坐到那个位置上。公司很多人至今都不敢相信。大家以为他的任期只会持续几个月，没想到四年过去了，阿里·卡利姆的屁股还在给总经理的座位加热。

"上午好。"阿里·卡利姆伸出圆胖的手,示意阿丝勒坐在他桌前的扶手椅里,"我听说你今天心情不好,所以打电话给你,希望我们可以谈谈心。"

"谢谢,但恐怕我没有心情谈心。"

"感情问题吗?"锤头鲨问道。他学风流倜傥的男人那样眨眼,但一点也不像。

"也不是。"阿丝勒简短地回答。

虽然阿里·卡利姆已经结婚了,但他对阿丝勒有意思并不是什么秘密。公司里每个人都发现了他看阿丝勒的眼神不一样,也知道他常编借口与阿丝勒共进午餐。他还极力编造理由带阿丝勒一起去国外出差。当然,他的努力都是徒劳的。"我讨厌蠢货。"阿丝勒总对那些因为他的殷勤而嘲笑自己的人这样说,还不忘补充一句,"长得丑的尤其讨厌。"

她不由自主地瞥向阿里·卡利姆那比例极不协调的手。那些潮湿的粉色手指看起来好像膨胀了一般,让她觉得恶心。遗憾的是,尽管她努力不去看,却总会注意到他丑陋的手。有一瞬间,她想象那双手抚摸自己的身体,不禁战栗起来。她喜欢骨感的手——干燥而粗糙的。

"看起来你今天不打算对我敞开心扉了。"阿里·卡利姆说道，好像阿丝勒总跟他分享秘密似的。

突然间，她觉得碰见奥马尔不是今天唯一的灾难。"我出了车祸。"她说，"我撞上了一辆垃圾车。我的车严重变形了。"

"你没事吧？"阿里·卡利姆惊呼着，从座位上跳起来，带着虚伪的担忧搂住她的肩膀。

"我没事，就是有点不高兴。"

"你的车有什么可补救的吗？要不要我派个人去看看？"

"不用了，谢谢。已经有人在照顾了。"

"在你的车修好之前，我给你安排一辆公司的车吧。"阿里·卡利姆说。很明显他热衷于利用这个机会扮演大好人的角色。他拿起电话，给秘书下了一串命令。即使是叫车的时候，锤头鲨也要表现一下自己。有可能的话，他甚至会把这写进公司年度报告里。

阿里·卡利姆放下话筒，说："你最好回家休息一下。"

他正享受着自己所坚持扮演的天使角色。

　　"我觉得这样也好。"阿丝勒答道，"我累坏了。"她没有忘记露出一个可爱的微笑。至少阿里·卡利姆还是配得到这个的。

　　"还有什么需要就告诉我。"

　　"谢谢你。"阿丝勒说着，向门口走去。她迫不及待想离开他的办公室。

　　她肯定，她走出门的时候，阿里·卡利姆又瞧了她一眼。

Chapter 4

阿丝勒一回到家，便觉得安全了。她远离了战场、轰鸣的子弹和炸弹的爆炸声。这里没有四溅的脑浆、支离破碎的人体和血肉模糊沾满尘土的肢体。这是她散发着甜美气息的、宁静而明亮的家。她的大门仅向几个自己精心筛选的可信而亲密的朋友敞开。她没有邀请过别人来家里。当她不得不接待关系普通的人，或者在她安全线以外的人时，她会觉得忐忑不安，灵魂的看门狗会开始狂吠。而在这种活动结束后的很多天里，她都会一直饱受这种折磨。

泽琳和纳兰批评她从不举办派对给美丽的家增添一些色彩和激情。她们觉得这里是频繁聚会的理想场所，应该人气旺盛。她们想看到英俊的男人冬天手持酒杯在宽敞的客厅里行走，夏天在阳台上俯瞰博斯普鲁斯海峡[1]。阿丝勒有时候羡慕朋友们生气勃勃的家。她喜欢泽琳不断被按响的门铃，喜欢她偶尔拜访的朋友，喜欢她永远有愉悦音乐做背景、葡萄酒瓶很快就见底的温暖客厅。泽琳的家是个活泼、欢乐的地方。人们蜂拥而至，聊天，八卦，分享彼此的难题，打听最新的消息。厨房里总是飘出美妙的气味。

也许喜欢分享生活的人也喜欢分享自己的家。而阿丝勒不是这样的人。她既不想分享自己也不想分享自己的生活，她不花时间考虑这些。她的感情里包含了如此多说不清道不明的东西，以至于她总担心无论对别人说了什么关于自己的事，总会漏掉一些。也因为同样的原因，她不喜欢打听别人的生活。毕竟，她能真正了解他们什么呢？如果她不知道他们的生活中最缺什么最不缺什么，她怎么能像提出一个绝对真理一样对他们发表看法呢？况且，有谁的生活有趣到可以津津乐道几个小时么？毫无例外，所有的事情早就被其他人体验过千万次了。爱情、背叛、抢夺、

---

1. 又称伊斯坦布尔海峡（Strait of Istanbul），是沟通黑海和马尔马拉海的一条狭窄水道，与达达尼尔海峡和马尔马拉海一起组成土耳其海峡（又叫黑海海峡），并是将土耳其亚洲部分和欧洲部分隔开的海峡。

雄心、势利——有哪一件让人感到新奇了？

阿丝勒也许缺乏好奇心。她对别人的生活不好奇，自然地，她不懂为什么别人会对她的生活感兴趣。这并不是不敏感或者冷漠。对悲痛中的朋友而言，她是一个不错的倾听者，但即便在这种时候，她也常常觉得无聊。没人知道多少次当其他客人热情满满地加入小讨论时，她只是舒舒服服地躺在泽琳的椅子里，抿着葡萄酒，任思绪漂移。当大家发现阿丝勒并没有听那些重要至极的消息时，总会不厌其烦地以此来揶揄她。

阿丝勒脱掉外衣，只留下文胸和内裤。她把衣服摔在地上，跌坐进电视机前雪白的扶手椅里，把脚架在脚凳上。往事历历在目，她激动难耐，以至于感觉身体像真的受伤了一样。她觉得即使过去一千年，她也无法面对奥马尔。

她不知道究竟是爱情还是自尊使她产生了现在的感觉。如果是爱情，现在不该都消磨殆尽了吗？而如果是自尊的话，她不确定她的自尊曾经激烈到让她感到如此受折磨。她从来不喜欢有着过分自尊的人。他们对自身重要性的信仰让她唯恐避之不及。不管怎样，她快无法自持了。

她好像既不是自负的傻瓜，也不是热恋中的傻女人。这两者之间的唯一区别便是"傻"的方向不同。她不知道这两种可能哪个更糟糕。

在空洞的电视机屏幕前一动不动地坐了十多分钟后，阿丝勒听见肚子咕噜咕噜叫起来。已经中午了，她还一口东西没吃过。她起身去厨房给自己做了个三明治。厨房洁白明亮宽敞，和家里其他地方一样。正当她端着奶酪三明治和一杯茶回客厅的时候，自己在玄关镜子里的投影吸引了她的注意力：一个半裸的女人。她穿着白色的内裤和灰色的棉质文胸。她从来没法把文胸和内裤的颜色搭配一致，并且惊讶于那些可以做到的女人。比如泽琳，总是穿整套的内衣。她有上百套性感的紫色、绿色、粉色、蓝色内衣。阿丝勒只按照相似的布料搭配——比如棉的配棉的。有时候她甚至连这个也做不到。她观察自己的长腿和细腰，这副通过锻炼保持性感活力的躯体。她很满意，也很漠然。她并不完全知晓自己的美丽，也不知道很多女人不惜付出惨重代价来获得她这样的胴体。

她惬意地坐在椅子上，咬了一口三明治。她观察着搁在脚凳上疲惫的双脚。她的二脚趾比大脚趾稍长一些，不过她仍然很喜欢看自己的脚。纳兰总是说："如果你在事故中失去了双手，他们能把你的脚接到断手上，谁也看不出差别来。"假如现在她看到的是骨骼突出、指甲内陷的丑陋的脚，她肯定很恼火。但还好，她是高兴的。

她打开电视，开始看某个频道播出的《摩登原始人》[1]。这是她自童年起就最喜欢的动画片。就在她几乎完全沉浸其中的时候，电话响了。是纳兰打来的。

"最近怎么样啊？"阿丝勒问着，顺便调小了电视音量。

"挺好的。你在哪儿呢？"

"我在家呢……在看《摩登原始人》。"

"去他妈的威玛[2]！你在家里干什么啊？"

纳兰总能把她逗笑。有意思的是，她并非刻意这样。纳兰有着截然不同的生活态度。她的见解确实能让阿丝勒

---

1. 又称《聪明笨伯》（the Flintstones，原意为"打火石家族"），是由汉纳·巴伯拉制片公司所创作的美国动画电视剧，是 1960 年至 1966 年美国广播公司最成功的动画电视剧。
2. 威玛，动画片《摩登原始人》里的女性人物。

开心。

　　"别打扰威玛了。她在烹制犀牛。"

　　"你为什么在家？"

　　"我今天早上撞车了，我亲爱的总经理看我那么精神不振就让我回家了。"

　　"这么可爱的总经理！"纳兰笑起来，"你肯定和他关系不一般！"她这两年一直在和自己的上司搞婚外情。"你的车损坏严重吗？"

　　"别问了……"

　　"噢，不是吧！"

　　"猜猜我在修理店看见谁了。"

　　"谁？别逗我了。快告诉我！"

　　"奥马尔。"

　　"真的吗！"

　　经过一段漫长的停顿，阿丝勒听见了纳兰在紧急时刻的特殊语调。"好好待着。"这个朋友说，"我马上来。"

　　阿丝勒还没来得及说别麻烦了，纳兰就把电话挂了。她不想见到任何人。她感觉这一整天都是一场噩梦，害怕一旦说起它，一切都会成为现实。她后悔和纳兰说了今天的遭遇，希望纳兰能像什么都没发生一样。无论如何，她再也不想看见奥马尔了……

是的，一想到泽琳和他说过话，她就觉得恶心。很显然，泽琳告诉了他很多自己的事情。"长舌妇！"她抱怨道。那个女人永远不知道把嘴闭上。

阿丝勒不希望有任何一丝奥马尔的阴影遮住自己的生活。她对他的工作生活毫无兴趣。她只想让他远离自己。任何一点来自他的影响或者他最微不足道的消息都会带走她内心的平静。

尽管，她表面上是希望他远离自己好好生活，但阿丝勒知道，内心深处，她巴不得他已经死了。这样才尽如人意。和纠结于各种未知的事情相比，她更能从容应对他的死亡。而且，她不懂人们为什么把爱情和依恋联系到一起。这两种情感根本就不接近。炙热爱情存在的地方，依恋和喜欢不可能存在。狂热的爱说："属于我。"依恋却说："要快乐。"也许对爱情的盲目崇拜已经和依恋混淆在一起了。但是，爱情所带来的盲目会导致偶像化。虽然这种盲目常常很短暂，但在这过程中产生的憎恨却是持久的。你可能对一个你爱了一年的人耿耿于怀四十年。换句话说，爱情会造成一生的伤害。

门铃响的时候，阿丝勒还半裸着。她跳起来，穿上一件长 T 恤才打开门。纳兰瞅了她一眼，不以为然地说："你已经垮掉了。"然后她们向客厅走去。

纳兰是一个娇小丰满的女人。她闪闪发光的浅棕色鬈发一直垂到腰间。她的着装和她的举止一样，充满女人味，仿佛来自上个世纪。不过，当你听见从她嘴里脱口而出的流行脏话，你会立刻意识到第一印象都是假象。而你总是很难搞清楚她的话究竟是赤裸裸的嘲讽还是晦涩的挑衅。阿丝勒总是被纳兰毫不费力便看穿一切表象直达本质的能力所震惊。她对成功和赞美无动于衷，就像她毫不在意羞耻和绯闻一样。她用绝对的魅力和一种罕见的骄傲展示着自己的装扮和情感。她巧妙地解决最艰难的困境，让人不得不钦佩。纳兰把钱包扔到椅子上，等着阿丝勒坐下来。

"如果仅仅因为天知道过了多少年后遇到那个王八蛋，你就决心要完全崩溃，我他妈的现在就走。然后你可

以请泽琳过来，你们俩可以想怎么哭就怎么哭。"在让人
羞愧这方面，纳兰有着过人的天赋。

"不是这样的。"阿丝勒抗议道，"我还没崩溃。"

"那为什么现在这时候你会在家里，肿着眼睛，穿着
这些衣服，看着《摩登原始人》？"

"我只是有点缓不过神来。这怎么了？"

纳兰用深褐色的眼睛盯着阿丝勒。两个朋友沉默了一
会儿。她们从中学开始就认识了，但她们的亲密程度和她
们友谊的时间长短并没有关系。自打第一天见面，她们就
志同道合，相互理解。时间只是给她们的友谊添了一些回
忆。她们今天扮演的角色早在多年之前就已经选定了，并
且演了一遍又一遍。纳兰从不会让阿丝勒放任自己，阿丝
勒也很喜欢纳兰的安慰。纳兰唯一的缺点是毫无同情心。
她完全是现实主义的。她接受一切事物原本的样子，从不
让任何事干扰真相。对她而言，存在的只有事情，没有感情。

"你想喝咖啡么？"阿丝勒问道，希望她的朋友会说
不。在这种时候，别说煮咖啡了，就是眨眨眼，也会和发
射航天飞机一样难。

"当然了，来一杯。"

"你还是吃屎去吧！"阿丝勒站起来小声嘀咕道。很不幸，她得发射这架航天飞机。

纳兰跟着她走进厨房，惬意地待在吧台前。审问就要开始了。

"他看起来怎么样？"

"好得不得了。他一点都没老！"

"你说话了吗？"

"当然说了。"阿丝勒冷冷地答道，"我还能怎样，把头转过去看别处？"她眼睛盯着水壶，想的是阿波罗13号[1]。

"行啦，告诉我都发生了什么！别让我为听整个故事等烦了！"

"我要告诉你什么啊？修车行的经理是他的一个朋友。奥马尔顺路经过跟他喝杯茶，我正好那时候出现了。我们互相打招呼。然后他把我送到了办公室。路上我们也

---

1. 阿波罗计划（Project Apollo）中的第三次载人登月任务。三位宇航员在太空中经历了缺少电力、正常温度以及饮用水的问题，但仍然成功返回了地球。

聊了几句。就这样！"阿丝勒把咖啡倒进杯子，把其中一杯递给纳兰。

短暂的沉寂后，阿丝勒继续说道："不过有件事很烦人。奥马尔知道我的很多事。他跟泽琳聊过。你知道他们见过吗？"

"不知道。"纳兰回答，"要是做梦梦见奥马尔，她肯定都会喋喋不休一个星期！"纳兰和阿丝勒一样惊讶。泽琳不可能把这种消息藏在心里。

"叫她过来。"纳兰说着，端着咖啡走回客厅。

泽琳是她们另一个学生时代的老朋友。虽然她是三个人里面最缺乏魅力的，但却是最爱打扮的。如果上帝把泽琳造成了一棵树，她也是一棵圣诞树。她用无数的细节将她的家、餐桌和食物装点得生机盎然，把周围的一切都布置成隆重的典礼现场。不过，她有时候会做过头。阿丝勒记不清有多少次泽琳的客人得在过于浮夸的装饰物之间寻找食物。泽琳把一切都夸张化，以至于纳兰常说泽琳的眼睛里有放大镜。她把别人的琐碎小事添油加醋地再说一遍，期待从别人那里获得相同的注意力。她对最无关的人的生活也抱着极大的兴趣，她参与到与她毫不相关的事情中去，还常常打算揭示真理！奇怪的是，她也把自己的生活公之于众，和每一个遇到的人分享自己的秘密。无论阿丝勒和纳兰如何警告，泽琳对每件事都想管一管，还常把事情搞得一团糟。她有过吸取教训的时候吗？没有！亮亮的石头、发光的小圆片和闪光物是她的饰物，而打听或过问别人的私事则美化了她的生活。

"算了吧。"阿丝勒说，"我现在不想问她。我们可以晚上让她过来。"她很清楚，泽琳的反应绝对是到处散消息，她不想给她时间拼凑起一个好段子。虽是这么说，但阿丝勒已经迫不及待地想要了解具体的情况了。

"我觉得一切都显而易见。"纳兰耸耸肩说道。

"什么显而易见？"

"这是典型的泽琳作风……他们俩碰到的时候，她估计没法不嚼舌根，就跟奥马尔说了一切。后来她害怕了，不敢来跟我们说这事。"

"也许吧。但我想找她谈谈，把屎糊她脸上！"

纳兰笑了。她知道，泽琳被抓现行的时候，看起来无助得就像一只落水的小狗。她把尾巴夹在腿中间，用乞求的目光牢牢盯着朋友，保持狼狈，直到收到她们的认可或者其他仁慈的信号。一旦等待已久的信号来了，她就会兴奋地摇尾巴，继续表示亲热，再过半个小时，她们就会把她搂在怀里。这大概就是所谓的魔鬼的好运气[1]！阿丝勒仿佛读懂了纳兰的想法，嘀咕道："这一次她过分了。她超出了我的底线。"

---

1. 原文为 having the devil's own luck，走鸿运的意思，文中为直译。这是西方人的传统思想，他们认为魔鬼本身制造命运，干什么都会成功。

死亡是什么？
是曾经珍视过你的生活，
珍重过你的人，毫无留恋，
所说的那句"再见"。

Chapter 5

1995 年 4 月

    阿丝勒在明媚的阳光和群鸟的啁啾中醒来。刚睁开眼，一阵尖锐的疼痛便在她心上咬了一口。朱莉德再也不在了，唧唧喳喳的鸟儿和耀眼的太阳却都毫不在意。她看着平静地睡在她身旁的男人英俊的面孔。乱糟糟的头发和调皮翘起的嘴角使他看起来像一个少年。阿丝勒抑制住想抚摸他头发的冲动。阿丝勒怕吵醒他，便慢慢地起身。才早晨六点，但是海滨路上汽车时不时经过的声音告诉她，城市正在醒来。她走进厨房，开始烧水。很奇怪，水壶似乎对朱莉德的消失毫不在意，甚至朱莉德早晨常坐的那把椅子以及她每天都摆上鲜花的那张桌子也毫无异状。

    这就是死亡。你死了，你曾经重视的整个世界，你用一生努力融入的世界，用动画片里常有的声音大声说："再见。你什么也不是！"生活在一瞬间便没过了你的消失，如同水填满一个空洞。有时候，你把某个人最简单的话语都视若珍宝，但他的死亡对你并没有多少影响。最终，你只感动于他说的话，但与他的死亡毫无瓜葛。这时候，你通常会说："太遗憾了！"然后继续自己的人生："晚饭该吃什么呢？"

泡茶的时候，泪水漫上了阿丝勒的眼睛。朱莉德从来不喝茶。这个水壶是阿丝勒刚搬来和朱莉德一起住的时候买的——那是十二年前了。

朱莉德是阿丝勒的姨妈，阿丝勒母亲的妹妹，是她们家族的耻辱，绯闻女王。阿丝勒的母亲过世了，她的父亲在两年后也跟着妻子去了，朱莉德便开始照顾阿丝勒。阿丝勒的外祖父母把自己最小的女儿视作给家族抹黑的人，好多年不和她有任何联系，他们也不愿意照顾阿丝勒。他们不反对阿丝勒和朱莉德生活在一起，也从不过问她的生活状况或者关心她的人生发展。

在阿丝勒父亲的葬礼上，朱莉德来到小姑娘家中，没跟任何人说话便安静地把衣服打包好。在这一天之前，阿丝勒见过朱莉德最多四五次。阿丝勒坐在床上，目不转睛地望着自己的姨妈。朱莉德和家族中的任何一个人都不像——既不像阿丝勒的母亲，也不像她的外祖母。她像一颗宝石一样独一无二。如果有可能，阿丝勒会坐在那里，盯着朱莉德几个月也看不厌。她是阿丝勒见过的最美的女人。

朱莉德收拾好阿丝勒的东西，坐在小姑娘身旁，把她美丽的手放在阿丝勒啃过指甲的孩子气的小手上。"我们可以走了吗？"她担忧地问道。很多年后，她告诉阿丝勒，她当时也觉得害怕。想到要和一个悲痛中的 11 岁小孩一起开始新生活，同时肩负家长的责任，她有些畏缩。在那天之前，朱莉德只为自己作决定，只犯自己的错误；她只需要为自己的行为承担后果。她既不习惯于家庭生活，也不习惯于奉献。把孩子送去上学，帮她做家庭作业，给她准备三餐，晚上陪着她，这些对朱莉德来说都是陌生的事情。而且，她对这些不感兴趣——她不在乎。假如她知道她承担的责任比自己预想的还要大，她肯定会更害怕。她们手牵手，忐忑不安地离开了阿丝勒的家。阿丝勒和朱莉德就要开始全新的未知的生活了。

一踏进朱莉德的家，阿丝勒就感觉进了天堂。朱莉德住在伊伦柯伊[1]一套宽敞的海景公寓里。阳光穿透遮住大窗户的帘子，倾泻到素净、通风的玫瑰色客厅。阿丝勒的家里挤满了深棕色的家具，胡桃木壁板使房间充满了阴郁。

阿丝勒喜欢待在姨妈的会客室里，从那里可以望见外面长满古老树木的花园。"别着急。"姨妈说，"我们会按照你的想法把房间布置好。"

好多年来，每当回忆起那天的欢乐，阿丝勒就会悲伤。自从母亲死后，阿丝勒的父亲就变得苍白憔悴，和朱莉德一起生活远比和父亲一起要愉快。即使母亲在世的时候，他们家里也从来不会荡漾着欢声笑语，但无论如何，那曾是她的家。现在，她觉得自己就像梦游仙境的爱丽丝。她那颗孩童的心察觉到一种更加多彩的生活就要开始了，她悄悄地欢喜着，又暗自思忖，这样的自己是不是太过邪恶。

朱莉德爱上另一个男人并与自己丈夫离婚已经是很

---

1. 土耳其伊斯坦布尔市的一个社区。

久很久之前的事了，但家族忘不了这件丑事。朱莉德的前夫是采矿业的富商。他疯狂地爱着自己的妻子。当丑闻揭发的时候，他乞求朱莉德不要离开，坚信他们会忘掉一切从头再来。但朱莉德决心已定，后来这位矿主说自己从没遇到过朱莉德这样性格倔犟的人。她收拾好自己的东西，离开华丽的湖畔别墅，第二天就飞到伦敦和她的情人在一起。她的家人默默忍受愤怒，而与此同时，朱莉德在伦敦经历着地狱般的日子。如果她的情人没有结婚，也不是她前夫的好友的话，这段婚外恋也就会渐渐平息了。但它成了惊天丑闻，上了报纸，人们交头接耳，这份被千夫所指的沉重，让朱莉德的家人无法承受。怪异的是，唯一一个没有咒骂排斥她的人竟是她的前夫。他们之间那种很多人难以理解的友谊，一直持续到了朱莉德去世的那一天。

有一次，阿丝勒和朱莉德一起翻看旧报纸，阿丝勒咯咯笑起来："你还真是惊世骇俗。"姨妈的回答很独特："丑女人很容易保持贞洁。我比较不幸而已。"她的声音中没有丝毫自负。她说的是事实。阿丝勒从没见过姨妈在镜子前自我欣赏。多数漂亮女人，或公然或暗地，都迫不及待地想知道是否有人在看自己，而朱莉德对此漠不关心。无论何时，她走到任何地方，都从不注意那些转向她、投射着嫉妒或者欲望目光的面孔。她要么习惯了这些眼神，要么毫不在乎，因为她清楚，他们就是在看自己。从没人见过她端详另一个女人或男人，这对女人来说还真罕见。

另一件让阿丝勒花了很大功夫才明白的事是，姨妈这样美丽的女人，淡漠得对邻桌的人不屑一顾，是怎么找到一个又一个情人的。朱莉德和她离开前夫去找的那个男人维持了四年关系，然后她把这个男人送回到了他妻子身边。在阿丝勒看来，朱莉德并不为这段关系的终结而哀伤。在最后一年半的日子里，她有一个比自己年轻十五岁的情人——一个寡言的、中等身材的三十五岁健壮男人。虽然从传统意义上看，他并不英俊，但他有男人的魅力。不过，对把姨妈视作人间天仙的阿丝勒来说，这个男人是个彻头彻尾的蠢货。

年轻男子的声音将阿丝勒从回忆中拉了回来。"你起得真早。"他说。

阿丝勒转向他，莞尔一笑。他只穿了一条男士短裤。

尽管内心失落，但看到他半裸的样子，阿丝勒浑身一阵酥麻。显然，朱莉德的去世并没有影响她的欲望。

"早啊，亲爱的刺猬先生。"阿丝勒说。自从他剪短了头发，她就给他起了这么个昵称，后来太习惯这个昵称了，也就没再叫过他的本名。

"你整晚都辗转反侧。你该再睡会儿。"他说。

"我打搅你睡觉了么？"阿丝勒恍惚地问。

"别担心我。你还好吧？"她亲爱的刺猬先生将她紧紧搂在怀里，阿丝勒把头靠在他肩膀上。虽然她不是个情绪化的人，却也止不住眼泪从脸颊上滚落。

"求你别哭了。"刺猬先生在她耳边轻轻说。

听到这个，她哭得更厉害了，紧紧抱住自己的爱人。这个男人是上天赐给她的祝福。不是因为他面貌英俊或者家财万贯——阿丝勒并不看重他的优秀外表或者钱财——而是因为只要在他身边，她就能被温暖、宁静的感觉包裹住，这是她过去很少有的感受。有一个人能抛开自己的缺陷和弱点来爱自己，这让她备感安宁。刺猬先生揶揄她的复杂，懂得她最深的恐惧，最重要的是，他允许她时不时地自我保护。朱莉德下葬之后，他问阿丝勒："你想让我今晚留下来陪你吗？"她知道这是个直接明了的问题。刺猬先生想什么就问什么。阿丝勒的回答不会产生新问题，他也不会误解她。允许一个人做自己是一种珍贵的品质，为此阿丝勒很感谢刺猬先生。他不会通过提问来分析或者操控阿丝勒，或者在阿丝勒只想生闷气的时候逼她强颜欢笑。有时候阿丝勒独自一人躲进小房间，避免和任何人深度交流。在这些连她最亲密的朋友也无法理解的、离群索居的日子里，刺猬先生懂得，她的心理状况和他并没有关系，他留她一人安静独处。他不冒犯她，也不责备她。

亲爱的刺猬先生跪在地板上，抱住了阿丝勒的腿。他真是个有趣的男人。阿丝勒对他微笑。"你在做什么？"她问。

"我在求你啊。"

"求什么？"

"求你嫁给我。"

阿丝勒无言了。他们在一起快两年了，从未谈起过结婚，一次也没有。她不知道该说什么。

"我……"

"现在别回答。"刺猬先生说，"我知道你很困惑。但当你规划自己的未来时，至少考虑一下这个选择。"

阿丝勒明白这意味着什么。朱莉德走了，她成了孤家寡人。她没有任何亲戚。而且，她没钱再租下这套大公寓，过无忧无虑的生活。过去朱莉德教钢琴课。她是个成功的老师，她们靠朱莉德教课所得的收入生活。虽然她们没有在钱堆里打滚，但过得挺自在。阿丝勒的父亲是个富有的商人——至少富过一段时间。直到他过世后，阿丝勒才发现他背着如山的债务。所以，阿丝勒没有任何遗产。显然，她的父亲没控制住局面，做了很多错事。情况复杂到，假如阿丝勒年纪再大一些，就有可能被放高利贷的人威胁。有时候，年纪小也很管用。

她的外祖父母过世时，在苏艾迪耶[1]留下了一套房子，在银行留下了一些钱。房子按照阿丝勒在美国的叔叔的意愿卖掉了，所有的钱都被继承人分摊了。阿丝勒用自己的那一份买了一辆宝马 316。这辆车她已经开了两年。她和

---

1. 土耳其伊斯坦布尔市的一个区。

朱莉德租住在这套公寓里。虽然房租很低——她们是老租户，也是房主的朋友——但阿丝勒再也付不起了。

当朱莉德得知自己的病情时，她把自己所有的钱，大约五万美元，都转进了阿丝勒的账户。大部分的钱都用于朱莉德的治疗，持续了七个月，还剩下一万美元。阿丝勒正在读大学四年级，而且很不走运的是，她得重读最后两个学期。她学得并不差，但也只是成绩平平……她每周的课程安排让她没时间做兼职，所以她只能做私人英语、德语老师——当然，是在有学生的前提下。她的情况不太妙，而刺猬先生知道了。

"你在同情我。"阿丝勒望着刺猬先生，低声说道，他还在依偎着她的腿。"你觉得我没钱了，照顾不好自己。"

"这和同情没有一点关系。"刺猬先生淘气地眨眨眼，"我只是想抓住这个机会。"

Chapter 6

刺猬先生走后，阿丝勒第一次感到真正的孤独。在朱莉德病重期间以及她的葬礼上，身边都会有很多人。但是现在，所有人都已履行完自己的义务，这里变得荒芜寂静。

在这人生的第二十三年，她完全孤独了。她不再对任何人负有责任。也许有人会觉得她这是完全的自由。但其实，在十一岁那年，当她和朱莉德手牵手走进这栋房子的时候，她就已经自由了。那时候她感到自由并不是因为没有约束和顾虑。尽管还是一个孩子，阿丝勒很快意识到了真正的原因：朱莉德尊重她。她拥有其他很多孩子没有的特权：可以生气不理人，穿自己想穿的衣服，说个不停，不喝牛奶，在外面打球到很晚，把房间弄得一团糟，不想去的地方就不去，不喜欢周围任何一个人。后来，这些权利变成了其他特权：交男朋友，独自参加派对，晚上出门……另一方面，除了权利，她也有责任。她在任何时候都不能撒谎——这是最基本的规则——而且朱莉德必须知道阿丝勒人在哪里。

但朱莉德再也不在了，所有这些都结束了。现在阿丝勒必须决定如何生活，并开始新的计划。虽然嫁给刺猬先生似乎最理所当然，但她不知为何觉得最合理的解决办法不一定是最正确的。她确实爱刺猬先生，而且未来她可能会和他结婚，但现在并不是好时机。她要嫁给他的时候，只会是因为她渴望嫁，而不是因为她需要维持生计。

她的经济状况不允许她继续住在这套公寓里。房租和每个月的费用都太高了。而且，她还得付油钱和过桥费去城市的另一端念大学。即使削减开支，她的钱也会在四五个月之内用完。如果她能在学校附近租一套小点的、不贵的房子，再收几个新学生，她也许能在毕业之前勉强度日，不过这也说不准，她也不能保证自己在学业结束之后能立马找到工作。就算找到工作了，谁会给她那么高的工资让她拥有自己的房子呢？这种情况下，她只有一个办法：卖掉她的车。但她很不乐意这样。她爱她的车。

她走进姨妈的房间，拉开窗帘，打开窗户。轻柔的春风涌进房间，明媚的阳光洒进来。阿丝勒享受着微风抚摩她的发丝，仔细看着衣柜里姨妈满当当的衣服。她深吸着熟悉的气味——混合了香水、熏衣草和木头的甜美气味。好奇怪啊！她的衣服看起来不像一个已经过世的人的。它们充满活力，依然保持着朱莉德的气息。

阿丝勒把衣服草草堆在床上，好像害怕它们身上的香味会消失，被陈腐的味道所替代。她仔细地给它们分类，全部放进行李箱中。在成堆的衣服里，她只挑了两条丝巾、一副手套和两条裙子留给自己——这些是姨妈最喜欢的几件——其余的打算送给朱莉德的老朋友艾拉。自打阿丝勒认识艾拉，她的丈夫在生意上一直很窘迫，这个女人时不时会向朱莉德借衣服，但从来都完璧归赵。

阿丝勒收拾妥当，走到客厅，打电话给艾拉。电话里的艾拉听起来很疲惫。她这几天也过得悲伤而混乱。

"艾拉，是我，阿丝勒。你能帮我个忙吗？"

"尽管说，亲爱的……"

"朱莉德的衣服……你能拿走吗？"

"好啊。"艾拉说。她迟疑了一下，"朱莉德也愿意这样，是吗？"

"是的。而且，我觉得它们不适合萨比哈。"

萨比哈是公寓门卫的妻子。一想到这个面色红润的胖女人穿着朱莉德光鲜亮丽的衣服大汗淋漓，阿丝勒和艾拉不禁咯咯笑起来。

"如果你今天能来把衣服带走，就太谢谢啦。记得带几个箱子过来。这里的箱子不够。"

"那行。我下午过去。本来我也打算去看看你……"

这时候，门铃响了。阿丝勒和艾拉匆匆告别，挂了电话。在这儿你不可能有片刻安宁！但是当她看见刺猬先生带着迷人的笑容站在门口时，她高兴极了。他走了还不到两个钟头。

"嗨！你这会儿在干什么呢？"

事实上，她并不是很惊讶。她相信这段时间里刺猬先生绝不会留她独自一人。

"我只是想确认你没事。我待五分钟就回去上班。不过你要是想的话，我可以多留一会儿。"

"你要是没穿衣服，我可能会让你多待一会儿。"阿丝勒说。刺猬先生目瞪口呆的表情把她逗乐了。她可以猜到他心里想的是什么。他肯定不曾料想阿丝勒会在姨妈葬礼的第二天想到做爱。她也不知道在某个挚爱的人去世后，过多久才能做爱。惯例是多久呢？

"别担心。"阿丝勒说，"朱莉德和一般的死者不一样。她不会介意的……"

"不过你全家都不一样。"刺猬先生说着，难以置信地点点头。

阿丝勒舒服地躺在玫瑰色的沙发上，望着刺猬先生解开衬衣。**多美的身体啊**，她心想。恰到好处的成块肌肉，宽阔的肩膀，紧致的小腹和光洁无毛的背部。

"短裤也脱了。"阿丝勒命令。

他脱着短裤，咧开嘴笑了。刺猬先生说："我还以为短时间内我们做不了了。"

"内裤也脱掉！就站在那儿，现在。我要看看你。"

"你是性变态还是什么呀？"

"不是，我只是在考虑你的求婚。"阿丝勒严肃地说道，端详着这个年轻男子无与伦比的身体。"转过去。"

"然后呢？"刺猬先生开始等不及了，但仍然照做了。

"我不能嫁给这么顺从的男人！"阿丝勒厉声说。然后，她在沙发上舒展开身体，"不过我可以给你一个别的提议……"

"什么？"

"我可以在你那儿跟你住，但不结婚……至少在我上完学之前。还有大概一年的样子。"

刺猬先生依旧背对着阿丝勒，扭过头来瞅了她一眼。

"我以为女孩子都渴望嫁给我！"

"别傻了。你连内裤都没有！"

"好吧，你说得太对了。"刺猬先生说着，一丝不挂地走向阿丝勒，"所以你乐意搬到我那儿去么？"

"我能打扫房间，做饭，还有极佳的床上功夫……"

"我知道你的前两个承诺其实都是骗我的。"

"不过第三个是真的！"

"马马虎虎吧……"

"你个呆子！"阿丝勒惊叫道，吻上了刺猬先生的嘴唇。她爱他嘴唇的味道。她爱他的气味，他又长又直的睫毛，他骨感而干燥的双手，以及他触动自己内心的方式……她爱这个男人。她紧闭双眼，希望他们之间的那种东西——无论是什么——都能永远保持下去。

有时候，爱因告别而生。
倘若这告别透露着诱惑的气息，
就将带人通往追寻新奇、快乐却同样罪恶的、
难以回头的路。

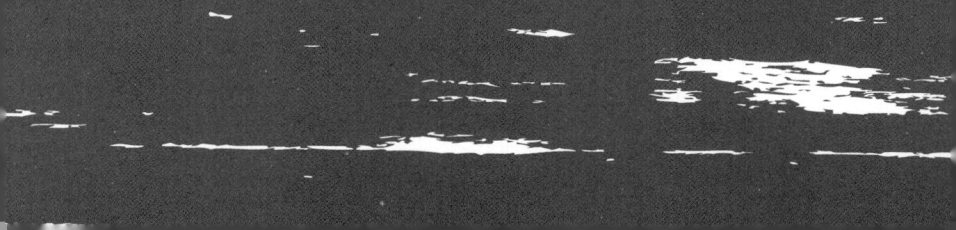

Chapter 7

　　朱莉德去世已经十天了。与此同时，阿丝勒告诉房东她月底就会搬走，这位好心的老绅士又给了她两个星期的富余时间。阿丝勒的朋友们极力掩饰自己的担忧，在得知阿丝勒要搬去和刺猬先生同住的时候，都感到如释重负。只有泽琳说阿丝勒不立马嫁给刺猬先生实在太傻了。

　　泽琳有一次在杂志上看到了刺猬先生母亲的照片。泽琳挺喜欢刺猬先生的，但她如此倾心于照片里显眼的珠宝，为此念叨了整整一个月。那时候朱莉德还活着，她沉默了一段时间后再也受不了了，终于对泽琳说："亲爱的，如果你这么喜欢珠宝，那只要学着取悦没头脑的老男人就行了。"泽琳以为朱莉德生她的气了，显得很沮丧，但是朱莉德马上纵情大笑起来。"不论你爱的是谁，他都会很快变傻的！"

刚从学校回到家，阿丝勒就把勉强揣在身上的书本扔到餐桌上，冲进浴室洗澡。几天前她开始重回校园，这对她有好处。不过由于晚上睡得不好，她始终疲惫不堪。洗个热水澡，在卧室里吹着惬意的微风睡个午觉，应该会舒服点。她草草地擦了擦头发，不顾头发还湿着，很快便打起盹来。

急促的门铃声把她惊醒了。她确实睡着了，但是她一睁开眼便发现外面几乎全黑了。而且，窗户大敞，房间里开始有了凉意。她很不情愿地从温暖的床上爬起来，拖着脚步走向大门。

玄关的灯灭了，起初她看不清站在门口的是谁。快五秒钟过去了，她才认出他来。

"要是想找朱莉德，你知道她已经去世了。"她没好气地说道。起床之后喜怒无常是她家族的标志。过去在早上，她和朱莉德都避免碰到对方，好像双方都得了传染病似的。

男人没有理会她的挖苦。"嗨。"他懒洋洋地说，闻起来满是酒味。阿丝勒突然替他感到难过，后悔刚才说话粗暴。她从未想到，他也会如此痛楚。为了挽回局面，她笑了笑，打开了门，等待她姨妈的最后一个爱人走进来。

在缓缓降临的夜色中，奥马尔看起来身形魁梧。他慢慢地走进客厅。虽然他来过这间公寓很多次，阿丝勒还是觉得和他很疏远。阿丝勒、朱莉德和奥马尔这三个人，曾在这间屋子里一起聊天、吃饭、喝醉酒。但现在，朱莉德不在了，他的出现让阿丝勒感到苦恼。他是朱莉德生活的一部分，但却没有同她一起消失。阿丝勒觉得好像姨妈死了，但是她的一部分碰巧留在了客厅里。阿丝勒极力掩盖自己的不安，跟着他走进客厅，在沙发一角坐下来，等他安然坐定。

但是他没有坐下，反倒做了一件阿丝勒从没见他做过的事：他走到朱莉德的钢琴前，站住了。然后，他温柔地打开琴盖，凝视着琴键，仿佛要破解一个密码。阿丝勒觉得他像一个打开了汽车引擎盖检查发动机的人。她有冲动说出这个想法，但接着改了主意，继续观察这个不速之客。男人缓缓地坐在凳子上，抚摸着琴键。祈祷和告别，这两者弥漫在空气中……

阿丝勒在随之而来的浓浓的沉寂中闭上了眼。她想念姨妈的音乐。当她听见最初几个音符的时候，她以为是自己的内心在开玩笑，但是她睁开眼，诧异地看见，她的访客在弹这段旋律。*我一定是疯了*，她心想。

这个男人怎么会弹钢琴？不可能……他有一间汽车展厅。他是个汽车商。他谈汽车，数钞票。假如他不是忽然间得到了神的启示——柴可夫斯基不太可能从天而降——她眼前的这一幕足以证明阿丝勒是疯了。她听他弹得越久，越相信他会弹琴，而且弹得很好。但这不仅不能宽慰她，还使她内心的伤口开始流血。这位表演嘉宾不在意阿丝勒的存在。他一言不发，也不看她。有时候他会突然停下，一动不动待上几分钟，然后继续弹奏。天色这么黑，他还能看清钢琴的琴键，真是奇迹。

阿丝勒无法把目光从他身上移开。她不在乎自己看到的是否让自己开心——她就是喜欢看他。夜晚变成了影子的游戏。他移动双手的方式，头发落在前额的样子……被他爱着是怎样一种感觉？她和朱莉德从来没讨论过这个。朱莉德和他的关系更像一种深厚的友谊——与其说是爱，不如说是相互钦慕。阿丝勒从未见过他们发生争吵或卿卿我我。今晚，第一次，她开始琢磨他们之间的爱恋。

终于，他停止了弹奏，像打开时一样温柔地合上了琴盖，盯着阿丝勒。尽管身处黑暗，他的凝视还是让她不寒而栗。她意识到，他对自己产生了一种奇妙的影响——这是怎么了？她跳起来去开灯，但是听到他低沉地说了一声"别"，便呆住了。

"为什么？"阿丝勒焦躁地问。但她没有开灯。

男人站起来，走近她。他们靠得那么近，几乎就要碰到彼此了。阿丝勒可以闻到他充斥着酒精味道的呼吸，即使在这昏暗的房间里也能看清楚他灼热的眼神。阿丝勒觉得自己好像被钉在了镶木地板上：她想动弹，却石化了。这就像个梦魇，你想要逃走，却只能绝望地等待。她被催眠了。

她几乎可以发誓，今晚是她第一次正眼看他。她感觉自己站在了火药桶上，害怕得无法思考。她心跳加速。为什么她站在姨妈的情人面前像个十六岁的小姑娘一样瑟瑟发抖？她从来不觉得这个男人有吸引力——她甚至之前都不觉得奥马尔有男人样。当他脱去她的睡衣，她想尖叫，却说不出一个抗议的字来。一种陌生的感觉袭来，这种感觉足以证明这个世界一点也不安全。这不是大家以为的熟悉并习惯的地方。到处都藏着通向其他维度的门。你会被无数的陷阱精心引诱，最终背叛自己。一种莫名其妙的力量会俘虏你，迫使你做你发誓不去做的事，说你坚信永远不说的话。而这种力量就在你身体里，在你自己的萌芽里。当你离底线太近，你会发现底线不存在了。这些界线一直在变吗，还是说它们仅仅是你假想中的幻影？

阿丝勒的身体夹在男人和墙中间，她为这种难以置信的身体的愉悦所陶醉。她伸出手臂环抱住男人，完全屈服于一种比羞耻还要强烈的情感，呻吟着念出他的名字："奥马尔……"

Chapter 8

　　罪恶与早晨，这两件事是个糟糕的组合。早晨的时候，你往往需要面对并解决昨夜犯下的罪恶，悔恨也会伴随而来。其实，即使在白天犯了大错，你也会经历这些。你不得不被它无法忍受的重量压在身下，痛苦地睡去。你睁开眼之前，良心便会在你的肚子里激起阵阵绞痛，你会希望自己仍然睡着。然后，你会被自我厌恶、恶心和愧疚折磨。总而言之，所有最糟糕的情绪接踵而来。有时候一切会变得如此难以忍受，以至于你恨不得真心悔过并回到正道。

　　幸好，人类习惯轻易地容忍自己，所以痛苦并不会持续很久。然而，当一个人自我审判的时候，他总会把能够减轻处罚的情节考虑在内，最小的细节也会用最细心的态度对待，这时候即使让他以同样的方式放过别人，也在所不辞。社会学、心理学，以及所有其他的科学分析都会用上，就连童年也会被分析进去，直到找出所需的借口……

早晨六点了。阿丝勒已经在床上翻来覆去将近一个小时了。她不愿相信昨夜留下的印记是真的，努力说服自己这只是一场梦。她和奥马尔做爱了？得了吧！然后呢？根本没人按门铃，她也没起来去开门。奥马尔没来过。这只是个噩梦。

但是她心中的魔鬼在问着一些诡异的问题：如果一切都是梦，她为什么现在一丝不挂？她从不裸睡。而且，为什么她的身体像挨了打似的疼痛？为什么她的四肢像多年不锻炼突然做了运动一样剧烈酸痛？那些扰乱她内心的图像是真实的：它们反映的是事实。

"朱莉德，原谅我……"阿丝勒喃喃自语。她知道朱莉德会原谅自己。她会大笑，说："我跟你说过什么？人应该享受一切……"每当阿丝勒试图谴责什么人，朱莉德总是说："别忘了，如果别人会这样，有一天你也可能这样。"在朱莉德看来，每个人都有可能做任何事。当时机成熟，有些人的那种可能性便会显露，而其他的可能性继续蛰伏。比如，对一个美丽的女人而言，她成为荡妇的速度远比不漂亮的女人要快。但是阿丝勒不同意姨妈的这个看法。她总觉得朱莉德是按照自己的意愿阐释人生。

她不知道刺猬先生是否会和姨妈一样宽容。她被悔恨烧透了，不知道这场意外会如何影响自己和刺猬先生的关系。她应该开诚布公地对他说明一切么？毫无疑问，刺猬先生会很受伤。也许她什么都不该跟他说。她会变成不诚实的人，但这也是一种选择。编一个理由和刺猬先生分手？这似乎是最好的主意，虽然她并不想离开他。但是刺猬先生值得拥有比阿丝勒这样的荡妇更好的人。但是，这个世界难道不是本来就充斥着诸多不公么？

她希望自己再也不用看见奥马尔。此刻，他位列她最痛恨的人的名单之首。事实上，名单上只有他一个人。他凭空出现，带她走入歧途。就是这样：奥马尔引诱了她！但是，他是个蠢货。是的，他很蠢……他不像刺猬先生那般英俊可爱，但她还是和他做爱了。她是个不折不扣的傻瓜。毫无疑问，奥马尔现在自认为让人无法自拔了。阿丝勒感到窒息，胸腔里激起一股狂怒。她太傻了，居然和一个自负的卖汽车的家伙发生关系，背叛了刺猬先生。**让我**

被千刀万剐吧，她诅咒自己。

她深呼吸，使自己平静下来。她可以忘记昨天晚上，不再做傻事，搬去刺猬先生那里住。而魔鬼在她的耳边低语着：多么美妙的一个晚上啊！火焰再次席卷她的身体。

"滚开！"她大喊着从床上下来。但是她心里的魔鬼并没有闭嘴。它告诉她，昨夜的销魂，她此前从未体验过。魔鬼的耳语是真的，但倘若没有以身试法，她也许会更认同。

Chapter 9

阿丝勒走进餐厅的时候，所有人都转过头来望着她。有些人打量她的时间太久，近乎冒犯。虽然她已经习惯了这样的注目，但她第一次感到别扭，不由自主地红了脸。她不介意别人迅速瞄一眼自己，但这样研究自己的每一寸身体实在很不礼貌。她讨厌这样。她幻想自己对其中一个人，也许是那个胖男人说："你看什么看啊？"

餐厅里的顾客构成了伊斯坦布尔所谓的精英人群：中年发福的有钱男人，以及浓妆艳抹的年轻女人。有些桌子旁，坐着的女人看起来比身边的男人年纪小很多。她们大概是第二任妻子。她们表现得好像如果穿的不是定制的衣服，皮肤就会起褶子。可怜虫！她们的下半生都会和年迈的丈夫以及他们那些年迈的朋友在一起。与她们同龄的女人会在派对上通宵玩乐，她们则坐在电视机屏幕前打瞌睡，身边的丈夫在躺椅上张着嘴呼呼大睡。然而这些女人热衷于自己的钻石，虽然钻石在黑暗中并不发光。她们其中有些人自认为能接受上流社会杂志的采访很是幸运。她们声称"我的丈夫有着一颗非常年轻的心，和他在一起的时候，我觉得自己绝对比他要老"的时候根本是在胡说八道。当其他同龄的女人拒绝了一杯又一杯的龙舌兰酒，这些女人不得不举着酒杯一饮而尽。抚摸她们年轻肌肤的，将是长着老年斑，布满皱纹，祖父母一般的手。甚至这样的爱抚也很少发生……

阿丝勒意识到今天自己心情不太好。一切都让她厌烦。而她通常不会这么刻薄地对待别人——她并不关心别人的私生活。突然间，她觉得自己像纳兰。纳兰对待别人就是这样。

她不由自主地想起朱莉德和奥马尔。他们也有将近十五岁的年龄差，因为朱莉德五十多了。而且，女人比男人年长更不寻常。但那就是朱莉德，她既没有打算和奥马尔结婚，也没有计划和他从此过上幸福快乐的生活。她只享受做一个美丽而有魅力的女人。奥马尔（*去他妈的，阿*

丝勒想）碰到一个男人能遇上的最传奇的美女自然很幸运。不过，既然阿丝勒能理解并认同朱莉德和奥马尔的关系，这些男女又有什么可责备的呢？无法臧否，他们有自己合理的借口。此外，决定和一个人在一起不就意味着放弃另一种可能性么？如果这些女人是为了钱或者保障作了决定，有谁能提出异议？或者，她们也许真的爱自己的丈夫……*看看你自己，阿丝勒想，至少她们没有和自己已逝姨妈的情人上床！*

她在酒吧的角落里看到了刺猬先生。

"你看起来真美。"他说，"这些男人为了看你脖子都要扭断了。"

"愚蠢！"

"除了看你，他们还能干吗呢？"

刺猬先生精神不错。他抱住阿丝勒，亲吻她脖子的时候，她颤抖了。她很想此刻和他待在家里，在他温暖的怀抱里度过夜晚。她很想紧靠着他，闻着他迷人的气味入睡……坦白一切并祈求他的宽恕……突然间，她感到恼怒。

"等你老了，你是不是也会追求年轻女人？"

"你怎么会这么问？"

"看看周围。这里到处都是这样的人。年轻的姑娘和怪老头们……我只是想知道，有一天你会不会变成他们那样。"阿丝勒开始生气了。

"我当然会啊！"刺猬先生答道，"你想喝什么？"

"你真讨厌！我想来杯马提尼。"

刺猬先生正在试图理解她。"有什么不对劲吗？"

"没什么不对的。"阿丝勒发出嘶嘶的声音，"只是……你也会像花花公子一样四处追姑娘。"她确信自己变得傲慢了，内心有一部分感到难堪。但是刺猬先生似乎觉得她发火很有趣。

"如果你嫁给我，我保证绝不追年轻女孩。"

"别胡说八道了！"

"我没胡说。"

"你就是。"阿丝勒对自己感到诧异。她并不猜忌刺猬先生，但她在拼命挑起无缘无故的争吵。如此厚颜无耻……好像前一晚跟其他男人睡觉的不是她一样。这段一夜情严重打破了她内心的平衡，以至于她的自信以及对整

个世界的信任都消失了。她希望一切都没有变。她盼望她

能再次相信自己以及周围的世界。

　　"我们回家吧。"她低声说。

　　"什么？"

　　"我们现在回家吧……"

　　"为什么？"

　　"没为什么……我想抱你。"阿丝勒泪眼蒙眬地说。

　　"我们不吃点东西吗？"刺猬先生问，但他一口闷掉

酒，说，"只要你想，我们随时可以走。"

　　"你是个天使。"阿丝勒拿起钱包，站起来。

　　"你是真正的天使。"刺猬先生目不转睛地望着她，

"不过，回哪个家？"

　　"我的。"

　　他们结了账，匆匆走出餐厅。这是个凉爽而宁静的夜

晚。轻柔的微风暗示着夏季的来临。朦胧的月色里，一波

一波的风声与树叶的瑟瑟作响交织在一起。他们在等服务

生把各自的车开来的时候，阿丝勒抱住自己的男朋友，在

心里对他道歉。*原谅我*，她心想，*我再也不会那样做了*。

她比刺猬先生先开到家。就在她锁车的时候，她听见冷不丁的一声"嗨"，险些心脏病发作。

她惊慌失措地转身，差点和纳兰撞在一起。

"你疯了吗？你把我吓死了！"

纳兰毫不理会阿丝勒的怒气。"这么晚你从哪里回来？"

"我跟刺猬先生出去吃晚饭了。但是你这会儿在我车库里干什么？"

"我就是路过而已。我以为你在家。不过看你不在，我正打算走。他也在啊……"

刺猬先生的车头灯像警察局的探照灯一样照在她们身上。她们挡着眼睛等他停车时，纳兰问道："我该留下来还是走呢？"

"留。"阿丝勒说，"留下来！"她们走向刺猬先生，后者正从车里出来。

刺猬先生和纳兰打招呼，亲了她的脸颊。"你开始当泊车员了吗？"

纳兰回击一句："不关你的事！"然后给了这个小伙

子一个真心的拥抱说："我喜欢停车场！"

　　走进公寓的时候，阿丝勒大叫："谁想吃比萨？"还不等有人回答，她便跑向电话点餐了。

　　纳兰很困惑："我以为你们出去吃晚饭了。"

　　"说来话长。"阿丝勒说着，按下了不停闪烁的电话答录机，有两条留言。第一条是艾拉的，说谢谢阿丝勒送的衣服。第二条留言让阿丝勒几乎窒息。那是奥马尔的声音："嗨……关于昨天晚上，我觉得我们得谈谈。请给我回个电话，我的号码是……"

　　她必须说点什么，但她仍然僵硬地站在电话旁。她能说什么？她面色潮红，猛然间觉得燥热。她的耳朵在发红。她无法转身，最终只能尽可能平静地说："我叫个大号比萨么？"

　　"我不饿。"纳兰说，"我觉得我在家吃得够多的了。"她听起来很惊讶。

　　"那是谁？"刺猬先生问。

　　"奥马尔……"

　　"昨晚发生什么了？"他追问。

"他过来了。"

"然后呢？"

"他喝醉了，说了很多冒犯朱莉德的话，所以我们大吵了一架。"

"他肯定也很痛苦。"纳兰插了一句。

阿丝勒看向她的朋友，意识到纳兰并不相信。而另一方面，刺猬先生看起来并没怀疑什么。她叫了比萨，走向厨房，拿回来几瓶冰啤酒。

刺猬先生给公寓里的家具找了一个仓库，阿丝勒第二天就可以开始收拾东西了。由于刺猬先生的公寓并不大，阿丝勒只能带走几幅画。钢琴和其他画都会送到艾拉家，在阿丝勒能再次用到之前，它们会一直待在那里。当他们三个坐在一起聊天的时候，阿丝勒发觉，奥马尔占据自己头脑的频率太高了。

Chapter 10

　　她应不应该给他打电话呢？当你越过雷池一步，并渴望再越一步，你会不可避免地遭遇死亡。阿丝勒在房间里踱来踱去，明白自己已经作了决定。人类是很奇怪的生物。即使有千万个问题等待解决，有千万种困难需要克服，她还是要故意给自己制造一个新难题。她从来不属于那种沉溺于肾上腺素激增的冲动人群，但她现在的全部所想就是打电话给奥马尔。为什么？没有为什么。她在自找麻烦！

　　她拨电话的时候，双手发抖。她以前和他说过不下于五十次话，但这一次不一样。当他的电话在另一头响起时，阿丝勒已完全慌了手脚。她不知道对他说什么，索性挂断电话，离开话筒。这么荒唐的情况，她能说些什么？她该放声大笑，说他们前天晚上过得有多糟糕么，还是该让他忘记这一切发生过？奥马尔反过来又会说什么？阿丝勒甚至不知道自己希望听到的是什么。

她瘫倒在椅子上，试图平静地思考，但控制不了自己。最终，她决定让事情顺其自然，于是再次拨了电话。奥马尔的电话响了两声，就在阿丝勒要再次挂断的时候，电话通了。阿丝勒期待听到电话应答机上的录音消息，但不幸的是，是奥马尔接了电话。她咒骂着自己。

"嗨，是我，阿丝勒。"她说，仅仅是防止奥马尔听不出她的声音。她讨厌在这种情况下冒险。她觉得，假如能不丢脸，她就一定不能丢脸（如果这个家伙问"哪个阿丝勒"该怎么办）。

"嗨。"奥马尔说，"你好吗？"

对阿丝勒来说，这段对话在她回答"挺好……我挺好的"之后就已经结束了。她压根不知道还会怎么继续下去。

"很高兴你来电话了。"停顿了一下，奥马尔说道，"我知道你最近过得很煎熬，我只是想告诉你，我很抱歉给你的心境雪上加霜了。"

这不是阿丝勒期待听到的话，她感到沮丧，并为之羞愧。她的整个身体都像火烧一样。到头来这个男人还是要

比她理智。他意识到他们所做的完全是糊涂事，他也友好
地告诉她最好一起把这事埋在过去。所以他为什么让她打
电话给他？他们本可以忘了这段"风流韵事"，而没必要
再碰一次面。

阿丝勒的怒火烧起来了。这混蛋是多蠢啊！不过，不
知为何，她感到释然。假如这件事由她决定，她大概会力
不从心。

"还有一件事……"奥马尔继续说，"我有几本朱莉
德的书。我能不能今晚过去把书还给你？"

"行。我在家。"她用自己最冷淡的语气答道。她讨
厌他察觉到自己的苦恼——如果要生存，你就必须高高地
抬起头。

"那行。我大概八点过来好吗？"

"好。没关系。如果我不在家，你可以把书给门卫。"

晚上七点四十五的时候，奥马尔来了。阿丝勒穿着一
条破烂的运动裤和一件小时候就开始穿的旧 T 恤。她要
向他显示自己并不在意。奥马尔身穿潇洒的深色西装，手

里拿着三本书，出现在她的公寓门前。

"进来吧。"阿丝勒打开门，在他前面走进客厅。"我去煮些咖啡。"她说。她决意向他表现自己的冷漠。当她听见奥马尔的脚步声，她的心脏又开始抽动，她后悔拿到书之后没有立马把他打发走。为时已晚。

"你今天看起来很时髦。"奥马尔调侃道。

"噢！不好意思！没能惊艳到你真是遗憾。好像我就该想着怎么惊艳你似的。"

奥马尔笑着把书放在桌子上。阿丝勒迅速瞥了一眼：两本英文书，一本德文书。真叫人吃惊！乔伊斯[1]的《都柏林人》，贝克福德[2]的《瓦泰克》以及耶利内克[3]的《逐爱的女人》。她一本都没读过。她不喜欢看外语写的书。就算她喜欢，她的英语也没好到能读乔伊斯。

---

1. 詹姆斯·乔伊斯（1882—1941），爱尔兰作家、诗人，二十世纪最伟大的作家之一，后现代文学的奠基者之一，其作品及"意识流"思想对世界文坛影响巨大。《都柏林人》为其1914年出版的短篇小说集。
2. 威廉·贝克福德（1760—1844），英国艺术爱好者，小说家，怪人。《瓦泰克》为其1786年出版的哥特式小说。
3. 埃尔费里得·耶利内克（1946—），奥地利女作家，是中欧公认的最重要的文学家之一，曾获得不来梅文学奖（1996）、柏林戏剧奖（2002）和莱辛批评家奖（2004）等诸多奖项。 是2004年诺贝尔文学奖得主。《逐爱的女人》为其1975年出版的小说。

"看起来你英语水平不错。"她说。

"是不错。"奥马尔说着，惬意地坐在了沙发上。"这儿怎么了？家具少了……"

"我在搬家。"

"搬去哪儿？"

"刺猬先生家。"

"真的吗？！"

"怎么了？"

"你不是说要煮咖啡么？"

"我现在改主意了。"

奥马尔站起来走向阿丝勒。他把她平时用来将长发盘成球的铅笔从头发中抽出来，抚弄她垂到肩膀上的头发。阿丝勒想说些什么，但是发不出声音来。

"你觉得这张桌子够结实么？"奥马尔低声说着，把手伸进她的头发，紧紧抓住。然后，他轻轻地将她面朝下压在桌子上，扯下她的运动裤，俯下身子压在她身上。阿丝勒听着桌子吱嘎吱嘎作响，在欢愉和愤怒中尖叫着：生活是如此可怕，同时又如此美妙。

阿丝勒以为结束之后奥马尔便会离开，但是他没有。他浅吻着阿丝勒的脖子和浸满泪水的脸颊，然后说："我饿了……"

阿丝勒用手肘推开他，用最大音量叫起来："别这么若无其事地对待我行吗！你饿了是吗？去吃屎啊！你有病啊？疯了还是怎么的？滚开！"

"如果假装我强奸了你能让你舒服些，你继续。不过你清楚我没有。"

"起来！离我远点！"

"不。我喜欢轻吻你的脖子。告诉你一些事吧。美好的性爱不容易找到，所以现在应该尽可能享受它。享受完了，你可以去和你的花花公子幸福快乐地生活。"

"我们的性生活挺好的……"

"那我想问你了，你跟我在这桌子上干什么呢？"

"闭嘴！放开我！"

奥马尔站起来，放开了她。阿丝勒慢慢地整理好衣服，他则点了一根烟注视着她。

他这种冷静的态度让阿丝勒更恼怒了。他神态傲慢，好像随时能掌控住想要的一切。她真想停止他这种狂妄的举止。但是她仍然不愿意叫他离开。她不够勇气独自一人。

她一言不发走进浴室冲了个澡。然后走进卧室，一丝不挂地躺在床上。她知道他会跟进来——他也这么做了……他脱掉衣服扔在椅子上的时候，阿丝勒坐起来望着他。他们目光相遇的时候，她便看向别处。奥马尔在她身边躺下，激情地吻着她，阿丝勒将一双长腿盘在他身上。夜很漫长，长得足以让他们一直亲密地拥抱，被动摇，被舞动，去爱，去恨，去懊悔，去从头再来，去害怕，去寻得宁静，去筋疲力尽，去重生。然而夜也很短暂——短得无法让他们用某个东西来命名这个夜晚。爱……

早晨来了，他们交叠而卧。奥马尔从背后抱着阿丝勒，脸依旧埋在她散乱的头发中沉睡。阿丝勒不敢动弹，已经静静地躺了好几分钟。今天，她就要离开刺猬先生。事情的发展有些疯狂，就算奥马尔离开了她的生活，她也不能回到刺猬先生身边。她就是无法像什么都没发生一样回归原本的生活。

当奥马尔的手又开始四处游走，她觉得这大概就是幸福：除了这里，哪儿也不想去……

"我得走了。"奥马尔用一种在阿丝勒听来很容易改变主意的语调说。

她不知道该怎么回答。"几点了？"她终于问道。其实，无论他说早上六点还是大中午，她都不会吃惊。她没了时间感，也没了推测的能力。

"七点一刻了。"奥马尔从床上跳下来。

"再见。"阿丝勒说着，转过身假装又睡着了，努力不让他发觉自己受伤的样子。奥马尔一边穿衣服一边吹着欢快的口哨，穿好之后，他拍了一下阿丝勒的头发——轻轻地，就像轻拍一个孩子的头。他说了再见便离开了，没有说是否还会打电话……

滚吧！阿丝勒心想。她喜欢这个词的发音。是一种疯狂的迹象么？也许吧，但今天早上她感觉好极了！

几分钟后，当她听见门铃声，她的心跳漏了一拍。是的！他回来了！她放轻松，从一数到十，起床去开门。她琢磨着要不要向他表现自己因为他的回来而高兴。

一拳重击猛地砸在她的脸上，她整个人都摔在了地上。温热的血从鼻腔里流出来，剧痛使她睁不开眼。眼冒金星一点也不假。她试图站起来，但是有人攥住她的头发，把她摔在玄关的大理石地板上，狠狠地踢着她。她第一反应是个变态在打她。奥马尔那个傻瓜估计是没有关上入口大门，让袭击者轻易闯进来了。她的腹部、背部和头部都遭到了狠踢。她在地上缩成一团，使身体变小，等待一切结束。事后，人们问她为什么不呼叫救命，她只是说压根没想起来。

渐渐地，拳打脚踢的频率变低了，她听见了他的声音。"婊子！"他吼叫着，"婊子！"这是刺猬先生的声音。"臭婊子！去你妈的！"

她恐惧地缓缓睁开眼，撞见刺猬先生血红的双眼。憎恨和鄙夷清晰可见。刺猬先生脸上的每一块肌肉都在控诉他有多么恨阿丝勒——永远的厌恶和怨恨。他骂了几句，但阿丝勒没能听明白。她只听见了"电话答录机"，以及他一直在屋外的车里等待。

毫无疑问，刺猬先生很痛苦。她也知道这全部都是她的过错——但奇怪的是，她并不感到愧疚。一点也不。就听着吧，她心想，如果我犯下了罪恶，那我已经付出代价了。

过了很久，她才听见刺猬先生大喊道："说话啊！"

她躺在从鼻腔里流出的一小摊血泊中，说了一句："滚开！"便昏过去了。

Chapter 11

　　当她恢复意识的时候，她正躺在客厅的沙发上。她看见的第一张脸是门卫妻子萨比哈汗涔涔的面孔。她满面通红，脸上布满了惊恐和担忧。她拿着血迹斑斑的破布跑来跑去。

　　"太可怜了！我的小姑娘啊，看看都发生了什么！是那个家伙干的吗？我希望他摔死！这叫人怎么说。谁看到他都会觉得他是个绅士。"

　　她呼唤她的丈夫："塞伊非——该死的，塞伊非！你在哪儿啊？你还没找到医生吗？这些人真能睡啊。按门铃！看在上帝的分上，按门铃啊！"

　　萨比哈叫丈夫去找住在楼下的佐兰先生了。虽然佐兰先生只是个麻醉师，但这栋楼的住户有身体问题时，无论是眼睛散光还是得了癌症，没有一个不先向他咨询再采取行动的。这会儿，这个可怜的男人不得不在一大早离开温暖的被窝，给他年轻的邻居处理伤口。

阿丝勒知道这不是什么问题。佐兰先生曾经是朱莉德的仰慕者之一。他也许很纳闷，世上有朱莉德这样的女人，他当初怎么会沦为菲丽哈这种老巫婆的牺牲品。他的妻子菲丽哈有一种罕见的技能，能和遇到的任何一个人吵起来——门卫、推销员、邻居或者出租车司机。她就是忍不住要吵——这是她与人交流的方式。她说话不带刺就不能活，因为她觉得所有人都在故意刺激她，所以永远都在防备。她开不起玩笑，谁一不小心调侃她一下，她都能让对方后悔到想死。她挑上谁，谁就倒了大霉。即使她忘了起初为什么生气，她也从不弥补已经发生过的事。

菲丽哈的糟糕性格完全和佐兰先生相反——后者温柔、仁慈而诙谐。如果你见过他们的女儿芭德，你肯定觉得她是近亲结婚的产物：没有继承她优雅父亲的任何特点，却有着母亲的大屁股——而且，她是罗圈腿，四方脸。她的手臂比任何人都短，双手看起来好像是粘在 T 恤上的。不过她并不残疾。她的身体完好，虽然看起来如此别扭。

当芭德还小的时候，菲丽哈坚持让朱莉德教她弹钢琴，还说："我女儿手指很长，她能弹得很好的。"朱莉德实在无法告诉一个母亲她的女儿手指长但胳膊短，不得不教芭德。她们的钢琴课就是个笑话。可怜的小东西够不到最远的琴键，得从一边俯身到另一边。课时完成后，小姑娘的技术丝毫不见长，不过腰大概是细了些。菲丽哈跟所有人说朱莉德是个差劲的老师，但朱莉德对这件事只是一笑置之。

佐兰先生穿着睡衣拎着包，后面跟着塞伊非走进来时，阿丝勒深吸了一口气。阿丝勒本想给他一个拥抱。单是他的出现就是一种慰藉。萨比哈跳起来为他让路。

"阿丝勒，亲爱的。我真难过。你还好吗？"他看起来很是担忧。

"佐兰叔叔，我的鼻子很疼……其实，我全身都疼。"

"我们发现她昏倒在地板上。她就那么躺在那里……"塞伊非插了一句。

"好吧，塞伊非。你出去一下吧，我得给阿丝勒检查一下。"他没有问阿丝勒怎么变成了这样，只是用柔软、温柔的双手仔细检查了她身体各部分。

"我们要马上去医院。"他说，"必须拍个片子，以防万一。颧骨上有个很深的口子，得缝上。但愿你的鼻子没断。"他转向萨比哈说道："萨比哈，让塞伊非过来，把阿丝勒带下楼。我去穿衣服。我们去医院。"

"来吧，亲爱的。可怜的小东西。但愿上帝惩罚那个坏家伙！"萨比哈一刻不停地抱怨着，她那忧心忡忡的丈夫则把阿丝勒扶起来走下楼。阿丝勒很惊讶，即便在这种情况下，她所想的都是奥马尔。她既不担忧将来无处可住，也不因永远失去刺猬先生而哀伤……奥马尔占据了她的心。*我真可悲啊*，她想。

人们就是这样把生活搞砸的。某个人进入你的生活，你原本在乎或者视为不可或缺的一切瞬间变得不重要。你的朋友、妻子、丈夫、孩子，和你的生活方式及未来计划，全都失去了意义。这一次，你将自己的生活重建在新爱人的身上，他或者她则构成了你的全部世界。这就是人：为了快乐地追寻"新奇"和"未知"，可以不眨眼地背叛一切。甚至，可以对亲手化为灰烬的过往和摧残的人心无动于衷。所谓的爱只是心血来潮。新的念头如同灾难般的洪水，所到之处，什么也不留。

不过这样的日子也是屈指可数。总有一天，想起他的时候，阿丝勒将不再颤抖。就像刺猬先生一样，奥马尔也会变成生活的残羹。这个想法让她充满力量，同时也脆弱无比。

阿丝勒慢慢地走下楼，觉得自己像一名战士——生活的战士。爱上一个人就像上战场：当你占领他心灵的所有战壕，攻陷他所有的城堡，远征便结束了。当你确信自己占有了他全部的爱，拿走了所有的珍宝，你已经为新的战斗做好了准备。通常，你意识不到自己已经准备好了，可一旦踏上征途的命令来临，你便无人可挡。

毋庸置疑，每个人都有自己不同的远征……有的人像帝国卫队一样，不仅守卫着到手的领土，还试图开拓疆域，其他人则像普通的掠夺者，不喜欢背负昨日的担子，只在鞍囊里塞满抢到的财物，便绝尘而去。

阿丝勒一边向佐兰先生的车走去，一边把头转向萨比哈，躲开塞伊非的汗味。医生两级一跨地下了楼，对萨比哈喊道："你回阿丝勒的公寓去吧。可能有人会打电话。别让他们担心。"萨比哈欣然接受这个任务，扎紧头巾跑回公寓楼。

两个小时还没到，这个主意就显出不妙来。萨比哈有些积极过头，打电话给艾拉说明了一切情况，导致一大群关心的人涌入医院。萨比哈一定是把夸张发挥到了极致，因为大家看到阿丝勒立马松了口气。她颧骨上缝了六针，还要在医院观察一晚。不像先前担心的那样，她的鼻子并没有断，但是伤得很严重；身上的伤也开始淤紫了。她很痛苦。

第一个来的人是泪眼婆娑的艾拉。

"嗨，别担心，我没事。"看到心急如焚的艾拉，阿丝勒强迫自己这样说。

"谢天谢地你还好！萨比哈打电话的时候，我觉得我都要疯了……"

"萨比哈给你打的电话？"

"是的。她说：'救命！那个家伙把阿丝勒打得遍体鳞伤。我们把她送到医院了！'我就赶过来了。我都不知道我会看见什么。亲爱的，发生什么了？怎么会这样？"

　　阿丝勒不知道该说什么。艾拉是朱莉德的朋友，阿丝勒最不想的就是伤害她，但她已经没有力气炮制一个故事了。"我背着刺猬先生出轨了，艾拉。"

　　"什么？"

　　"是的，我和……奥马尔出轨了。"

　　"什么？奥马尔？你是说，朱莉德的……"艾拉整个人僵住了。"我不明白。"她终于说。

　　阿丝勒耸了耸肩。

　　"你指望我说什么呢？我从没见过你们这样古怪的一家人。你们喜欢把事情复杂化来找乐子。我应该跟你生气，但是我不能。你是朱莉德的外甥女……现在，我本该学会不为你感到吃惊，但我还是很惊讶。无论什么情况你们这些人总是做出最不可思议的事情来。你们总是选择最艰难的路。大概这就是你们两个对人生的诠释吧……"

　　阿丝勒陷入沉思，喃喃自语。这么多年过去了，她已经累得不想再试图理解朱莉德了。朱莉德不在了，但她把阿丝勒像遗产一样留了下来。从那天起，一直循规蹈矩的小姑娘便开始变得像她那古怪而放肆的姨妈了吗？**这太过了**，阿丝勒想。没有人能在一生中承受两个朱莉德。"我本可以说你有一个很不错的男朋友，你可以在几个星期之后搬去他那里享受生活，但我知道我说这些是对牛弹琴。所以我只想问你，你打算怎么办。我不希望你还想和那个有妇之夫搞婚外恋……"

"什么有妇之夫？"

"奥马尔啊……当然是他。"艾拉现在双目圆睁了，"别告诉我你还不知道……"

阿丝勒猛地感到心慌意乱。这怎么可能？不。不可能。她怎么会不知道奥马尔已经结婚了？朱莉德不知道吗？姨妈不是个爱藏秘密的人。她经历过那么多绯闻，同一个已婚男人在一起并没什么大不了。

"别傻了，艾拉。"她说，"这个男人和朱莉德在一起两年了。他们一起度假。他们总是一起吃晚饭。他晚上总待在我们那里。他没结婚！而且，如果真是这样，朱莉德肯定会告诉我的。"

"那为什么他从来不留下来过夜呢？为什么朱莉德

从来不去他家？"

"他昨晚留下来过夜了。"阿丝勒反驳道。不过她慢慢紧张起来。艾拉并不是会胡说八道的人，那朱莉德为什么要隐瞒这些呢？"我怎么知道啊？看在上帝的分上，艾拉，理智些。假如他结婚了，朱莉德肯定会告诉我。她为什么要保密？"她觉得鼻子肿得厉害。

"我真的不知道她为什么瞒着。"艾拉说，"但朱莉德就是这样。她肯定有自己的原因——表象背后总有故事的。你的姨妈是个非常好的朋友，但她很疯狂。她头脑里有几个螺丝松了。她制造事情让自己忧郁，然后徒劳地自我安慰。那么多好男人求着跟她在一起，但她总是追求不可能的人。越不可能占有这个人，她就越想要他。她可不是个大美人么！你也是……愿她安息吧。这个世界对她而言是个拼图。她打乱它，成千上万次重组它。她不在乎流言飞语，也不在乎别人的看法。她什么也不问，总是做自己感觉最好的事。但你……别走她的路。要有理智，不要追求不可能的东西。"

"你从未追求过不可能的东西，看看你现在的处境吧，艾拉。你幸福吗？"

"幸福究竟是什么？"艾拉答道，"只要不会不幸福，我就满足了。至少我有两个已经长大成人的儿子。我可以每天晚上在熟悉的人身边睡觉。如果你想寻找幸福，那你就得接受你可能不幸福的事实。我没那么无畏。"

"我觉得很痛，艾拉。"

"坚持住。我去找护士。"艾拉穿上套头毛衣向门口走去。她出去之前，转过身说："我没有骗你。那个男人结婚了。"

阿丝勒盯着艾拉。她的眼睛在浮肿的脸上怪异地闪烁着。"那又怎样？"她等待房门再次关上，这时她听见姨妈最好的朋友说："你真像她……"

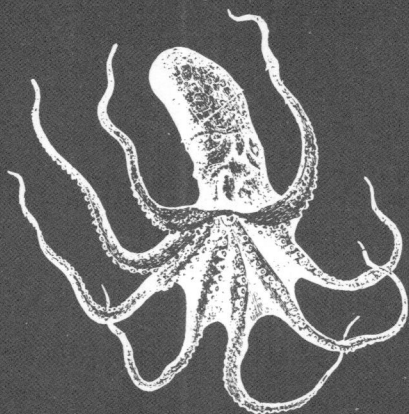

爱情需要的仅仅是一丝希望。
只要这份希望还在，
你就会永远等下去。

Chapter 12

　　清新的春风通过敞开的窗户吹进病房，来探望的人使这里热闹了起来。纳兰察觉到了艾拉和阿丝勒之间的紧张气氛，觉得最好别问，甚至还让不停向阿丝勒使眼色拼命搞清来龙去脉的泽琳闭上了嘴。阿金和莱文特是阿丝勒在大学认识的朋友。他们表现出男生特有的天真，把阿丝勒当做刚做了阑尾切除手术的人看待。与此同时，佐兰先生就房间的颜色与妻子争执不下；常在贝伊奥卢一流酒吧演奏电吉他的莱文特则不情愿地被迫参与了讨论。菲丽哈时不时向阿丝勒投去不满的目光。而艾拉正向初次见面的阿金抱怨长时间医院探访的无聊。

　　医院病房有一种奇特的集体感，尤其在死亡不会光顾的病房里，访客们总是比预料的还要欢乐。互相认识的人，以及除了探望病人没有其他共同点的人，彼此聊天。他们小口吃着饼干，喝着果汁，朋友、邻居、亲戚和熟人都成了亲密无间的友人。看到你的总经理和你邻居的老太太聊天，你会觉得很奇怪。谈话的主题包括天气预报、现代医学不可思议的发展、身体没有大毛病的人突然过世，以及谁来了谁没有来。

护士的价值仅体现在保持微笑上。其实，护士和空乘一样有着同样不幸的命运：做好工作还不够，她们得拥有世上最甜美的微笑。有些探望者极度渴望和别人说话，而有的人则静静地退到角落里，避免别人找他说话。

阿丝勒望着房间里这群不寻常的人。她二十三岁了，没有一个可以照顾她的亲戚。假如住院的是纳兰，她的父母和兄弟姐妹早就在这里安营扎寨了，就连叔叔、阿姨和表亲也会立刻出现。然而阿丝勒躺在医院里，陪伴她的是四个好友、两个邻居和一个家人的朋友。她记得在父亲过世后，得知自己将和朱莉德一起生活，她是多么高兴和安心。

一股深深的悲痛笼罩了她。她盼望现在父亲能陪在身边。她盼望有个母亲为她端一杯水。如果郁郁寡欢年老体衰的祖父母还在，她也会很高兴。

　　在心底，她希望奥马尔会过来。每一次有人敲门的时候，她的心跳就会停跳一拍。虽然过后她总会很快就失望，但等待他的感觉是美好的。爱情需要的仅仅是一丝希望。只要这份希望还在，你就会永远等下去。

Chapter 13

但是奥马尔没有从那扇门走进来。他没有打电话给阿丝勒，自然也不会从萨比哈那里得知发生了什么。况且，即使他知道了，他会不会来也是个未知数……

接连两个星期，阿丝勒的心情都很沉重。每次电话响或者门铃响，她都会跳起来——一旦看到来的是别人而不是奥马尔，她就想哭。她靠在阳台的栏杆上，连续几个小时看汽车经过。事实上，她并没有看什么，只是茫然凝视着远方，等待着……期待的乐趣已经变成了折磨。她越觉得奥马尔不会再来了，痛苦就越深。这段时间里，她一点也不想刺猬先生。也许他也在痛苦，但这又如何，每个人到后来都一样受伤，每个人都会用同样的方式伤害别人。但是最终，每个人都会痊愈。痊愈后留下的，是伤疤和破碎的心，每逢下雨便伴着疼痛嘶嘶作响……

两个星期过去了，就在阿丝勒决定让自己好过些的那个早晨，泽琳突然来了。她看起来还是那么时尚。她黑色的紧身牛仔裤和白色的收腰下摆上衣让阿丝勒觉得惭愧。阿丝勒为自己那普普通通穿烂了的运动裤感到羞愧。泽琳走进客厅花枝乱颤地说："我有惊人的消息要告诉你。我看见奥马尔了。"

阿丝勒无法呼吸，望着她的朋友，一个字也说不出来。泽琳并不清楚阿丝勒的情况。她继续眉飞色舞地说着："昨天晚上我和父母去餐馆吃海鲜，你猜我看见什么了？我看见奥马尔跟一个女人坐在那里。我径直朝他们的桌子走过去，跟他打招呼。哇，他看起来可吃惊了！然后他把我介绍给那个女人。他说那是他妻子。这家伙真的结婚了！你能相信吗？你之前知道吗？"

"我听人说了。"阿丝勒咬着嘴唇说道。

"但这家伙看起来就不像是结过婚的……他老来这儿，总是和朱莉德一起度假……"

"好吧，我怎么知道啊？"阿丝勒发起火来，"我难道会关心谁结婚了谁没结婚？"

"你生什么气啊？"泽琳又惊讶又伤心。

"我没生气……"

"你生气了！"

"那个女人长什么样？"阿丝勒控制不住好奇心问道。

泽琳耸耸肩，倒在椅子上。"也许你应该先说说自己！"

"你真讨厌。"阿丝勒说，"你没必要知道世界上所有事情。"

"那你也没必要知道他老婆长什么样。"

泽琳习惯了别人的这种评价。她乐于挖掘别人的生活，连细枝末节也不放过。她也很走运，总是处在各种事情的中心。她脸上挂着得意洋洋的微笑，等着阿丝勒开口。

"我和奥马尔上床了。这就是刺猬先生狠狠揍我一顿的原因。"

泽琳原本就大的眼睛瞪得更大了。她的神情里开始充满激动。她有了一个超乎预料的发现。

还没等泽琳抛出洪水般的问题，阿丝勒便继续说道：

"我不知道他结婚了。朱莉德从没跟我说过。是艾拉在医院告诉我的。"她继续说："不过我们再也没见过。他没再打过电话……你能别上蹿下跳的吗？"

听到这些，泽琳完全坐不住了。她跳起来，一边绕着阿丝勒手舞足蹈一边放声大叫："我不相信！你和他上床了！我从没想过你会做这种事。感觉如何？嗷，我的天哪！刺猬先生是在床上抓住你们的吗？"

"你够了！我们当然不是在床上被抓住的。话题到此为止。"

"但是感觉怎么样？感觉好吗？"

"我说到此为止了！行吗？"

泽琳完全被这故事震惊了，想到接下来围绕着它展开的八卦，就难以自制地兴奋。她努力安静了几分钟，但被一连串等着出击的问题折磨得死去活来。

"行了，跟我说说那个女人。他老婆！"虽然讨厌自己这么穷追不舍，阿丝勒还是问了。

"她很漂亮。身材苗条，一头棕发。看在上帝的分上，她就是个女人而已……"

这不是阿丝勒想听到的话。她一直把他的妻子想象成一个肥胖、丑陋、脾气暴躁的女人。"那么，他们还行吧？"

"你什么意思？"

"我的意思是，他们看起来亲密么？"

"他们在桌子上牵了一次手。看起来整个晚上都聊得不错……"

"我明白了……"

"你不高兴了？"

"我才不在乎呢！希望他们在一起过得好……"阿丝勒起身走向浴室。她想吐，想哭，想边吐边哭。但是，她只是拧开水龙头，看水哗哗流走。回到客厅的时候，她已经感觉好多了。

泽琳正盯着角落里本要送到刺猬先生家的包裹。"这房子你要怎么办？"她问。

"我会留下来。"阿丝勒说，"艾拉找到了一个有兴趣买画的人。它们显然很值钱。我也会把钢琴卖掉……"

那些画是朱莉德之前的一个情人画的。那个画家近来变得很有名气。卖掉它们是艾拉的主意。她丈夫有个开画廊的朋友，他发消息给阿丝勒说，有个买家想买下全部的五张画。这样，阿丝勒就能在这公寓里住久一些。她挺喜欢那些画的，但说到底，她不是凯瑟琳·德·美第奇 [1]……她很感激朱莉德留下了这些能赚钱的画，而不是褪色的老照片。

"如果我是你，我就不会卖掉它们。"泽琳说。

"为什么？"

"它们是回忆。来自朱莉德的回忆。"

"让回忆见鬼去吧！有人留了一幢房子给你，那叫遗产。为什么这些画要拿来当做回忆？再说了，是朱莉德的情人画的，不是她。"

"但你也要卖掉她的钢琴……"泽琳不放弃。

"告诉你，假如她的内裤能卖钱，我也会卖掉。明白了吗？人饿起来就会互相咬了！我现在孤身一人，还一文不名。我也没英勇到为了守护我的回忆而住进贫民窟。"

"都是因为你的愚蠢……"泽琳耸耸肩。她盘着腿坐

---

1. 法语名为 Catherine de Médicis（1519—1589），法国王后。她是瓦卢瓦王朝国王亨利二世的妻子和随后 3 个国王的母亲，热衷艺术品与建筑。

在沙发上。

"是啊，我傻到把你当回事，跟你谈心。现在放下你的腿，从这里滚出去！"阿丝勒不理会泽琳的抗议，让她转过身去，把她推出了屋子。她内心在排斥泽琳。谁也不可能永远忍受这个姑娘。她总能耗掉你的耐心。她已逐渐变得恶毒，今天也不例外。她总是能渗透到你的细胞里，还改不了想到什么就说什么的坏毛病。幸好上帝没让你跟她一起飞到美国，那么远的距离啊，肯定会被折磨死。

听着泽琳气冲冲的脚步，阿丝勒意识到自己正盯着电话话筒。她好想打电话给奥马尔，放下理智。而以前，每当他的朋友们有类似的感觉，她总明智地向他们说教。她已不记得为什么当时会扮演那样的角色。

当然，她没有打电话给他。相反，她约朋友见面，把公寓里的家具搬走，打扫卫生，看了无数场电影，收了两个学生，幻想重逢的动人场景，找人给自己算命，养了一只猫，梦到不可能的做爱画面，弄丢了猫，看书，任怨恨摆布，下厨，等待楼里的住户来访，自怨自艾，跟自己发脾气，去纳兰父母的避暑别墅度假，游泳，因后背脱皮而苦恼，在阳光下吃西瓜和奶酪。

　　她身后拖着小箱子，走进了公寓。她本可以把箱子背在肩膀上，但她的皮肤晒伤了，就连轻薄的亚麻连衣裙的肩带都会弄疼她。但最大的问题是她脚上的皮肤。情况太严重，她只能穿纳兰小时候穿的拖鞋。上楼梯的时候，她甚至脱了鞋，一路光脚爬上了楼。连清洁也得节制！当她在钱包里找钥匙的时候，她看见了贴在门上小小的白色信封。她找钥匙通常要花三四分钟——在纳兰看来，这是迟钝的表现——不过这次，她放弃找钥匙，取下了信封。信封里装着一张浅黄色的纸条，上面潦草地写着："我每时每刻都在想你。请打电话给我。奥马尔。"

Chapter 14

    她坐在楼梯上，不知道该怎么办。事实上，她现在想要做的，是跑得越快越好。她在发狂和保持冷静之间困顿不决。太奇怪了！生活会从巨大的负担瞬间转变为喜极而泣。她从冰凉的石头上站起来。仿佛命运开了一个古怪的玩笑，她刚把手伸进包里，就摸到了钥匙。

    锁了很多天的公寓用一股闷热的空气迎接她的到来。她冲过去打开窗户，深吸了几口凉爽的空气。炎热的天气很美好，凉爽的感觉很美好，她的家很美好，就连偷溜进来的家蝇也很美好。以为自己不被需要而遭受的自尊心伤害已经以难以置信的速度愈合了。就因为看到了某人留给她的几句话，她的整个世界便明亮起来了，而她并不为此心烦，走进厨房泡了点茶。那些字句透露了奥马尔的感情。她喜欢这个念头。她不想急着打电话给他。她要好好享受这时刻。

　　连续好几周了，她第一次感到饥饿。她打电话给半个小时前才见过的纳兰，说动她在她们最喜欢的那家餐馆碰面。阿丝勒兴奋的声音以及坚持马上碰头的态度让纳兰很吃惊，但她并没有拒绝。看到如同行尸走肉一般在避暑别墅游荡了一个星期的阿丝勒重新回归生活，她很开心。

　　当纳兰看见阿丝勒不常见的闪闪发光的眼神和无忧无虑的笑容，她觉得阿丝勒就像个躁郁症病人。

　　"我猜你这种疯癫的行为是有原因的吧？"她试图从阿丝勒紧紧的拥抱中挣脱出来。

　　"他给我留了张纸条！"阿丝勒喊道，"就这个！看……"

　　"嘿，这够浪漫的。我能吐一会儿吗？"

　　"别这么讨厌。你不高兴吗？"

　　纳兰盯着她。纳兰明白，跟一个恋爱中的人讲道理是没有用的。就像朱莉德以前说的，爱是魔鬼的套索。它套住你的脖子，让你无处可逃，使你做出各种疯狂的事情。一旦你被那套索抓住了，道德规则、自尊和理智都救不了你。纳兰嘴里塞了一块大面包，艰难地说道："我不做评价，否则下次你想借别人的肩膀大哭一场的时候，就不会跑来找我了。"

吃完午饭，她们本想去巴格达大街逛逛，但是阿丝勒的脚灼烧一般疼痛。所以最后她们决定告别，各回各家。阿丝勒想尽可能晚点打电话给奥马尔，因为打电话给他便意味着和他正式开始一段关系，沙漏便开始倒计时了……就如同出生其实就是朝着死亡大步迈进，每一段关系一开始便向结尾走去：背叛、无趣、生或者死，终会使你们分离！

她一直等到了第二天早晨。从有史以来最好的一觉中醒来后，她漫无目的地在屋子里转悠了几个小时才走到电话旁。她拿起话筒，预演了一会儿，终于在这台米色的磨损了的电话机上拨出了奥马尔的办公室电话。他的秘书用一种星期一式的语调为她接通了奥马尔。听见他声音的感觉很奇妙，但察觉到他声音有多么颤抖，真心让人吃惊。

Chapter 15

　　一切都发生得太快了。一个小时不到奥马尔便来了，他们两个人在门前一动不动地紧紧拥抱了一会儿。奥马尔说爱她，阿丝勒笑了。他说真的爱她，阿丝勒哭了。傍晚的时候，他们不顾炎热，相拥而卧，阿丝勒鼓足勇气问道："你已经结婚了，是不是？"

　　"是的……"奥马尔紧张地回答。

　　"朱莉德知道吗？"

　　"知道。"

　　"你知道她为什么不告诉我吗？"

　　"知道。"

　　"我是该拿把钳子从你嘴里把话撬出来，还是让你自己说？"

　　奥马尔从床上坐起来。阿丝勒凝视着墙上的一个斑点，说："我不希望最后发现你是我失散多年的兄弟！"

"不会，不至于……"奥马尔答道，"只是因为我的妻子是达雅。"

阿丝勒从床上跳了下来。她惊恐地望着奥马尔，用比自己预想的还要高的声音尖叫起来："什么！这是一出《不安分的青春》[1]吗？啊？"

达雅曾经是朱莉德最最喜欢的学生。阿丝勒第一次看见她是十二年前刚搬过来的时候。那个时候，达雅十八九岁。她面色苍白，是个优雅但羞怯的女孩，她非常依恋朱莉德，自她七岁起朱莉德就开始教她了。即使在没课的日子，她也会来看望朱莉德，待上好几个小时。阿丝勒搬来和朱莉德住了一年之后，达雅和一个男人恋爱了。她的家人极力反对他们的关系，因为他们全家都是犹太人，但那个男人不是。当时情况一团糟，可怜的姑娘没日没夜地哭，但家人就是不同意。一开始他们把达雅送到了王子群岛[2]，后来为了延长放逐，

---

1. 20世纪70年代美国的一部肥皂剧。
2. 土耳其语为Kizil Adalar，意思是"红色之岛"，常称Adalar"岛屿"，王子群岛位于马尔马拉海中，在土耳其伊斯坦布尔的东南方约二十公里，由九个岛屿组成。

又送她去了以色列。这段时间里，朱莉德倾尽全力帮助她。她和达雅的家人谈了很多次，试图说服他们，但都失败了。

　　这对年轻的恋人通过朱莉德秘密地联系着。她把他们的信藏在自己的信里，给他们安排时间打电话，好让他们得知彼此的消息。最后，达雅的恋人去了特拉维夫，把达雅也带了去。他们举行了一个简单的仪式，请朱莉德作为见证人，结了婚。据阿丝勒所知，达雅的父母一直没有原谅自己的女儿。多年前，阿丝勒见过一次达雅的丈夫，但如今她无法将那个人和奥马尔联系到一起。就好像他们是两个不同的人。她印象里的那个男人更瘦更高……

　　生命里第一次，阿丝勒对姨妈感到失望。达雅就像朱莉德的女儿。她们俩曾一起坐在钢琴前，可以不知疲倦地连续弹几个小时。而且，很多次，阿丝勒都嫉妒她们的亲密。朱莉德决不介意给她延长课时。经历艰难险阻撮合了这对恋人，却和这个男人偷情，这在做了一辈子奇葩事的朱莉德身上看来也异乎寻常。难道说，真的没有什么东西与朱莉德的本性相冲突么？阿丝勒记得有一次姨妈愉快地说："当然了，我也有原则。比方说，我会和爱人的朋友上床，但绝不会和朋友的爱人上床。"似乎她并不认为别人的丈夫也是别人的爱人。

"达雅知道你和朱莉德的事么？"

"我觉得她知道，但我们从没说起过这个。她假装不知道……"

"为什么？"

"也许她不在意吧。"

"那你们为什么不分手？"

"我们苦苦挣扎搏斗才能够在一起。尤其是达雅，牺牲得更多。她为我放弃了家人。她非常爱自己的父亲，但那个可怜的男人却在对她的怒气中去世了。她回家参加葬礼的时候，她母亲打她，把她赶了出来。经历了这么多，我们很难承认自己犯了错。我们的爱情已经死了，但我们假装它还在。"

"你和朱莉德是什么时候开始的？"

"朱莉德发现达雅和我的关系开始恶化，便插手了。她和我见面聊了几次。后来，就开始了……"

"你爱她么？"

"不，但和她在一起我很快乐。当你身边的女人不在乎你是留是走，你就会无法离开她。"

"她爱你吗？"

"不。我觉得，我赶走了她对青春流逝的恐惧。"

谈话使他们两个都心力交瘁，他们静静地坐了一会儿。然后，奥马尔说："我知道，我们的关系对你来说很难接受。"

"坦白说，我并不在乎你有没有结婚。"

阿丝勒说的是实话。至少在这一刻是……

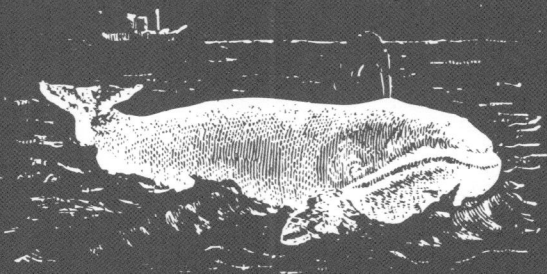

我 曾 经 所 盼 望 的 一 切 ，
就 是 你 会 像 我 爱 你 一 样 爱 我 。

Chapter 16

　　最初的几个月她确实不在乎。奥马尔爱着她，他们几乎每天都见面。他妻子的存在仿佛一个暗淡的影子——好像一个村庄，你知道它在很远的地方，但从未见过。有时候他们白天见面，其他时候，奥马尔在下班之后来阿丝勒家里。他甚至时不时留下来过夜——他似乎没有那种已婚男人和情人见面的忐忑。如果他有一丝不安，阿丝勒肯定就不会喜欢他了。他们一起看电影，发现新餐馆。她确信，奥马尔的婚姻其实早就终结了。

　　没过多久，她便受到了第一次伤害。那是十二月，一个春天般阳光明媚的星期天。伊斯坦布尔的人们在被昏暗的城市压抑了几个星期之后，终于逃出家门。阿丝勒正和纳兰、泽琳一起在熙熙攘攘的巴格达大街上散步，纳兰第一个看见了奥马尔。"别看！"她对阿丝勒尖声说道："奥马尔过来了。跟他妻子一起……"

阿丝勒扫视着靠近的人群，发现了他们，带着一种拥有彼此的夫妇间的悠闲，手牵着手。她从没想过，奥马尔会牵着妻子的手。几秒钟之后，阿丝勒和奥马尔面对面了，但他泰然自若地走了过去。他身上穿着那件和阿丝勒一起买的黑色夹克。

纳兰小声骂道："混蛋！"这是第一次，反映了她内心厌恶之情的神色给她的脸蒙上了阴影。而泽琳，则由于兴奋而难以自持。

没过多久，阿丝勒又遭受了第二次打击。那阵子，名叫手机的罕见设备如礼物般迅速进入人们的生活，虽然很难说是来自天堂还是来自地狱。奥马尔的妻子送了他一件这种长距离的拴绳当做礼物，自那天起，达雅的存在就不再是遥远的影子，而变得实实在在起来。听他们在电话里说话，看他们如何在电话中说笑、逗趣，让阿丝勒紧张起来。看到每次手机铃响时奥马尔是多么惊慌失措，总让阿丝勒觉得那声响比指甲划过黑板的声音还要恼人。不管怎么说，看着你所爱的充满魅力的男人被人命令晚上带两公斤瘦肉馅回家，真不怎么浪漫。

阿丝勒血液中嫉妒的病毒开始遍及全身。而且，她的嫉妒不再仅限于奥马尔的妻子，已经蔓延到了他身边的任何一个女人。阿丝勒越是受伤，她越会找到厉害的方式来反击奥马尔。奥马尔不在的时候，她请一些男性朋友来家里开派对，当奥马尔问起她和谁出去玩了的时候，就算她见的是女友，也会随便说个男人的名字。当奥马尔在的时候，如果纳兰或者泽琳打电话来，她就会假装电话那头是个男人。

有时候他们会分开一段时间。阿丝勒跟他怄气，最后总是奥马尔再次敲响她的门。快一年的时候，他们的关系已经糟糕透了：他们连对方做的梦都要吃醋。他们为了餐馆里坐在邻桌的男人，或者某本杂志里奥马尔盯得太久的女人照片而争吵。

阿丝勒越来越不明白，为什么这个如此爱她的男人不和妻子离婚。出于骄傲，她从来没问过这个问题，但渐渐地，一种类似怨恨的情绪使她痛苦。她想不明白，自己独身一人身边围了那么多男人时，奥马尔怎么能安心。有时候，他们的对话会变成伤害竞赛。有一天，他们在阿丝勒家中看电视时，阿丝勒平静地问奥马尔："你和你老婆为什么不生个孩子？"

奥马尔目瞪口呆地望着她，她继续说着："还是说你没法生孩子？"

"你能别胡说八道了么？"

"怎么胡说八道了？"她咬了一口苹果继续说道，"你结婚了，不对吗？"

"我们不打算要孩子。"奥马尔简短地回答。

"我觉得每个人都得要个孩子。"

"那你就要去吧……"

她一边在空气中挥舞苹果梗一边说："当然了，我会要的。"她把注意力再次转向电视，又补充了一句："等我结婚了。"

她满脑子都是奥马尔，雪上加霜的是，她身无分文了。她有很多超乎预料的开销，而最近三四个月一个学生也没有收。银行里的钱都用来交房租、建筑费和汽油费了，卖画所得的钱也就要花光了。看起来她所剩无几的现金也消耗得太快了。这么徒劳地维持生计，阿丝勒没准会把自己消耗掉。

终于有一天，她卖掉了心爱的车。她崩溃地哭了。奥马尔的汽车买卖做得很大很成功，他认识很多这个行业里的人。但是阿丝勒选择不告诉他，自己搞定买卖。她担心如果告诉他，他会想给她钱。她用一辆又小又丑的家用车代替了自己的宝马。车是二手的，幸好状况良好，她瞒着奥马尔好几个星期，没让他看见这车。命运如此跌宕起伏，那阵子奥马尔正好给妻子换了车：达雅得到了一辆崭新的保时捷。阿丝勒又多了一条理由把自己的新座驾藏起来……

卖掉车之后快两个月的一天，奥马尔打电话给阿丝勒。他听起来很激动。"我刚看到了你的车……有个傻不啦唧的家伙在开它。"

阿丝勒尽可能让自己听起来很欢快："我把车卖了。"

"为什么啊？"

"我很喜欢小小的 Uno 系列 [1]……"阿丝勒说着，夸张地笑了出来。突然间，整个情况对她来说变得极为滑稽。

―――――――――――

1. 意大利著名汽车制造公司菲亚特汽车公司（Fabbrica Italiana Automobili Torino，缩写即 FIAT）旗下菲亚特品牌的一个系列车型。

沉默了几秒，奥马尔说："我就是个傻子，对么？我从来没问过你是不是……"他还没说完就挂了。

第二天晚上，他带着一把大车钥匙走进阿丝勒家。他把它放在桌上，说："我要你用这个。"

"这不可能。"阿丝勒回答，"我又不是你的小老婆。"

"但你以前也开刺猬先生的车。而且，你那时候还有自己的车……"

"那时候刺猬先生是我的爱人。"

"那我是什么？"

"你不是我的爱人。这两件事不一样。你有妻子。"

"你是我的爱人，因为我爱你。"

阿丝勒抱住奥马尔说道："不，我不是。请别再说这个话题了——它让我伤心。你并不对我负责，好吗？不过还是谢谢你。真的谢谢你。"

那天以后，这个话题再也没被提起过。阿丝勒注意到他饱受痛楚和绝望，但她假装不知道。她偷偷地享受看他痛苦的样子。他迟早会离开达雅的，阿丝勒对此确信无疑。说到底，她还处在相信童话的年龄。

Chapter 17

　　他们疯狂地相爱，但这是致命的挣扎。他们不停地从深不见底的痛苦冲向无边无际的幸福，又返回，周而复始。这两年充斥了争吵、打闹、猜忌、泪水、摔门、怒挂电话、信誓旦旦、乞求、分离、复合和无眠之夜。

　　阿丝勒想不明白她为什么会失去最初的从容。她尝试感受过去她认为只要有奥马尔的爱就足够、她不在乎他是否已经结婚的那种心情，但做不到。什么改变了？奥马尔仍然深爱着她，她为何还如此暴躁不安？为什么她内心的魔鬼总告诉她，如果奥马尔真的爱她，他会一辈子陪在她身边？她内心的另一个声音说恶魔的话都是对的，这又是怎么回事？

　　与此同时，阿丝勒从大学毕业了，在一家外企的市场部找了一份工资很低的工作。奥马尔除了汽车交易，还开始涉足纺织业。而这两个话题任何一个都能聊上几个小时的恋人，却始终丝毫没有提及他们的未来。阿丝勒从不问，奥马尔也从不主动说什么。直到阿丝勒 25 岁的生日。

那天晚上，他们和阿丝勒的十五个朋友一起去库姆卡普庆祝。深夜时，泽琳显然喝醉了，开始调侃奥马尔，气氛突然变得紧张起来。阿丝勒感觉她的朋友有些失去控制了，但她并不想干预。他们都玩得很开心，泽琳也该好好玩。但是忽然，泽琳站起来，示意乐队停止演奏。接着，她问了一个让阿丝勒寒入骨髓的问题："奥马尔，你什么时候才跟你老婆离婚，跟阿丝勒结婚啊？"

听见奥马尔硬生生的回答，阿丝勒觉得自己好像陷进地面中了。"我没考虑离婚的事。我爱我的妻子，阿丝勒也知道。"

而事实上，阿丝勒不知道。奥马尔从来没说过，她怎么可能知道？况且，奥马尔和他妻子只是假装他们俩的婚姻还没有结束，这不是奥马尔自己说的吗？

气氛瞬间冻结了。没人敢直视阿丝勒。他们只是盯着自己的盘子。就在此时，阿丝勒明白过来，为什么这两年她一直阻止自己问奥马尔这个问题：她害怕听到答案。她故作镇定，拉起奥马尔的手，用略显神经质的语气说："我亲爱的奥马尔，你为什么不现在回去告诉你亲爱的妻子你有多爱她？"

"阿丝勒……我不是那个意思……你懂的，我……"奥马尔慌了。

"你还应该告诉她，你从现在开始再也不会背着她偷情了。至少不会是和我。"

"阿丝勒，我们待会再聊这个行吗？你看，我喝多了。而且泽琳把我惹急了。"

"请你现在就走。算我求你了。"

奥马尔站起来，把餐巾摔在泽琳的脸上，离开了餐馆。

接下来的两个星期排满了各种要做的事情。阿丝勒没有事先通知任何人，就在鲁梅利堡[1]租了一间小公寓，并辞去了工作。她知道如果她继续留在这里，奥马尔不会丢

---

1. 又称为欧洲堡垒，是苏丹迈赫迈特征服伊斯坦布尔前在 1452 年仅用 4 个月时间建造的，也是全世界的军事建筑中最美丽的杰作之一。鲁梅利堡垒矗立在博斯普鲁斯海峡的最窄之处，这在当时是一个军事战略要地。

下她一个人，而她最终也将无法抗拒他。餐馆那夜之后，奥马尔给她打了无数次电话，甚至去她家找她。但每一次她都拒听他的电话，说自己不想说话。"让我自己静静吧。我需要一些时间独处。"其实，她想要一些时间来实施她的计划。

上班最后一天，她收拾了几件自己的东西，下到了停车场。让她吃惊的是，奥马尔就站在那，站在她的小车旁。他看起来很痛苦，明显瘦了许多。

"我准备好要谈谈了。"他说。这个还爱着妻子的男人！"我愿意做任何你想要我做的事。我爱你。"

"太晚了。"阿丝勒说。她摸了摸他的脸，钻进车里走了。她说不出口："我曾经所盼望的一切就是你会像我爱你一样爱我。"

那是她最后一次看见奥马尔。第二天，她便悄悄地搬进了新公寓。

Chapter 18

　　她的新家位于鲁梅利堡区一条狭窄的街道上。一间小小的杂货铺，古老的树木，咖啡馆前的木椅，四处奔跑欢乐叫喊的孩子们——这里看起来就像安纳托利亚小城中一个偏远的角落。看见它的那一刻，阿丝勒突然爱上了这间破楼底层的小公寓。公寓的客厅只有她在伊伦柯伊那个客厅的一半大，还有两个小房间。后院和前院的树很高，因此房间有些暗。但阿丝勒喜欢树叶摩挲的声音，尤其是起风的日子……

　　她不得不扔掉大部分原来的家具，不过仅凭带来的几件，就足以把这里布置得舒舒服服。一切整顿就绪之后，连那没上漆的光地板也不让她反感了。朱莉德的英式家具在这间公寓里看起来很别扭。还好，房主把墙刷成了白色——百搭的颜色。厨房和浴室透露出一种阿丝勒从没见过的乡村风格：地上铺着小方石砖，墙上和台子上贴着黄色瓷砖。刷着白色清漆的木制橱柜已然歪了。

在她过去住的公寓，邻居们都没有孩子，但在这儿，小孩子会从各个角落里冒出来。他们撞门、在楼梯上蹿上蹿下的声音直到将近午夜才会停止。似乎这些满脸鼻涕眼泪的小孩都不怎么需要睡觉。他们那些胖胖的、穿着印花长衬衫的母亲，拿着白色塑料椅，坐在楼前，一边织毛衣，一边嚼舌根——有时候她们会中断闲聊，高声呵斥自己的孩子。

没人知道阿丝勒会辞掉工作并搬家，连纳兰、艾拉和泽琳也不知道。她怕一旦告诉她们，她们会告诉奥马尔，不过她打算一装好电话就通知她们，好让她们不为自己的下落担心。她还会让艾拉拿走伊伦柯伊那间公寓里留下的任何家具。之后，门卫塞伊非和他的妻子萨比哈可以休息休息了。搬家货车过来的时候，萨比哈大哭了一场。

阿丝勒只和朋友莱文特说过，并请他帮自己找一份工作。他确实帮她找了：从明天晚上开始，阿丝勒会在一家夜总会做服务员。像她这样的漂亮女孩总是能找到这样的工作——当然，她不打算把服务员当做自己的事业。接下来的日子里，她会把自己的简历寄到尽可能多的地方，再给自己买一部手机。但是，在她找到一份体面的工作之前，她得赚点钱。

她在夜总会干了四个月，傍晚开始工作，第二天黎明才走。不幸的是，她的生物钟不习惯她新的工作时段，每天晚上爬起来去工作之前，她总会像只狗一样睡一整天。工作的最初几天，太多太多客人想用恶心的话语羞辱她，但这很快便停止了，因为这些老主顾意识到他们的尝试没什么用。不过，仍然有一些新客人时不时骚扰她。同事们都是很善良很正派的人。她很疲惫，尤其是周末，不过有时候她也很开心。而且，她对工作量一点也不抱怨：这正好阻止她想奥马尔。

她把一切都抛在身后，算做了件正确的事。在新生活里，她不得不克服、习惯那么多东西，以至于压根没有时间低迷消沉。然而奥马尔还在她心里。当她吃饭、睡觉、写单子、为顾客服务、收空盘子、和同事开玩笑、打扫公寓、打电话给电工或者付水费的时候，奥马尔都在那里。

即使她已经做到不再始终牵挂他，她也无法将对他的记忆掩埋在过去。

四个月后，她又在一家外企找到了工作。她要做的工作和之前在那家公司做的一样，不过这次工资高多了。虽然她挣得不会有在夜总会那么多，但这是个好的开端。当她告诉夜总会老板自己要辞职，他请她只在周五和周六工作。这个提议也还不错，阿丝勒接受了。他们达成了协议：假如她新公司的同事看到她招待客人了，她就跟他们说只是在帮朋友忙。不过她受不了白天晚上都要工作的熬人节奏，两个月后就停止了服务员的兼职。

与此同时，她开始和莱文特约会。一切都发展得非常自然，但阿丝勒不爱他。即使做爱的时候，她的心也不会有任何悸动。严格地说，他们之间的一切看起来都很完满，但在他们最亲密的时间里，阿丝勒的灵魂却在别处。莱文特给她的感觉有点像刺猬先生：他温柔、善良、安稳。他们做了将近一年的恋人，然后和平地分手，继续做朋友。跟一个你不爱的人以一种彬彬有礼的方式分手真容易啊！

后来，她和其他人交往过，有几次她甚至觉得找到了真命天子。她跟他们一起时很快乐，笑得很多。她错过，她等待，她发疯，她争吵。说真的，他们中有些人她确实爱过，但她再也没有过那样狂暴而欢喜的感情——与奥马尔的那种感情。

她总是避免听到他的任何消息。她所有的朋友都知道她一个字也不想听。她从不去以前和他一起去过的地方。她从不经过他家或者他的办公室。只有泽琳，在他们分手大概四年后，有一次打破了对奥马尔只字不谈的规则。当时，阿丝勒在纳兰家，泽琳突然两眼发光地闯进来，爆发了似的："我有惊天大消息！"然后接着说道："我听说奥马尔和达雅断了关系！他找了个新女友！而且，他要娶她了！"

纳兰完全被泽琳的鲁莽惊到了，用手遮住脸，瘫在座位上。阿丝勒一个字也没说，走进洗手间，把自己锁在里面。她不可能经受得住这种痛苦。她肯定要死了。她就要死了，在今天，在此刻。她单薄虚弱的身体承受不了这可怕的事实。

她听见纳兰的叫喊："我从没见过跟你一样愚蠢白痴

的人！"纳兰狠狠地责骂泽琳："你真是长了一张烂嘴！"

"她肯定早就听说了。"泽琳为自己辩护。

"那家伙是明星还是什么？他每天都上八卦头条吗？"纳兰继续训斥，"她怎么可能会知道？"

阿丝勒拧开水龙头，凝视着呼啸而出的水流。这是她自己慢慢发明出来的紧急治疗法。她像被水流催眠的精神病人一样，望着水龙头代替自己哭泣，在洗手间里待了一个小时。然后，她平静了许多。很久以前，她便学会了忍耐的艺术，她也明白，抗拒是没有用的。她得让痛苦进来，从骨子里感受它，向它屈服。这就是规则。她得让她的心，她的记忆，最糟糕的是她的幻想，折磨自己。如果她想走出低谷，她必须全力以赴干脆了断。如果她想痛哭一场，就要把眼泪流干。人终不会永远被痛苦折磨。迟早，痛苦都会结束。

阿丝勒从浴室出来的时候，泽琳已经走了。她抱着纳兰，泪流成河。她哭泣，是因为奥马尔不爱她了，因为他爱上别人了，因为所有人都知道了，因为他和达雅离婚不是为了阿丝勒而是为了和别人在一起，因为他会把她忘记……她会永远哭下去。

某一刻,她抽着鼻子问纳兰:"他也会有孩子,对么?"

纳兰没有回答,阿丝勒哭得更厉害了。她多想给奥马尔生孩子……她渴望有一个长得和爸爸一样的儿子。连名字都想好了:阿里。曾经,阿丝勒真的怀上了奥马尔的孩子,他们等了一段时间才做了流产手术。她怀着孩子的那几个星期是她生命中最美的日子。她喜出望外,觉得自己是地球上最光彩照人的女人。显然,人的愚蠢是没有边界的……

纳兰拍拍阿丝勒的头。"你是个坚强的女孩。你会熬过去的。"就好像坚强是阿丝勒的选择似的。就好像她想要毁掉原本的生活,在鲁梅利堡破败的后街上开始新生活似的。就好像卖掉宝马,开一辆破烂的菲亚特 Uno,像狗一样从早忙到晚很美妙似的!她做这些完全不是因为成就感——她是被迫这样的。如果当时奥马尔想和阿丝勒过上正常的生活,她会很乐意待在家里,每天吃着奇异果等他回家,但事情不是这样。某个别的女人在家里等着奥马尔回去。

有好几个星期,她都不能把生活调整好。在好几次商务会谈中，她都走神了。她总是把家里的钥匙落在车里，把车钥匙落在家里。而渐渐地，慢慢地，她哭得少了，消沉也少了。她接受了现状。她从她原以为会把自己折磨死的痛苦中挺过来了，继续着自己的生活。

她发现，相爱的人难免会被一条湍急的河流拆散。这是一条充满恐惧、焦虑、自我、期待、怀疑和担忧的河流……你只有一次机会，只有一次，去蹚过动荡浑浊的河水，抵达在对岸等待你的爱人：只有当你相信他的爱的时候，过河的吊桥才会出现……

有时候，你产生怀疑，你的桥就变得脆弱，维系它的绳子有几根扯断了，想要去到另一边变得困难了。但是，靠着那几根完好的绳子，你努力爬向对岸——然而，时不时地，你觉得你没再被人爱着了。这时候，澎湃的波涛便摧毁了你仅剩的一座桥，带走残破的木片和断绳。你绝望地望着站在河岸上的爱人，想要寻找另一个抵达他的方法。有些人接受了失败，离开了这条河，而有些人则跳进湍急的河水里，试图游到对岸。但是水流不会容许你游过去。你在自尊和期待，或者怀疑和恐惧中溺毙……即便如此，有些人从不放弃努力，一生都在黑暗污浊的河水中摸索着前往他们的目的地，因为他们从未想过，在不远的某个地方，也许还有另一段爱情，另一条河流。

那些一开始就觉得不可能过河而因此离开的人，则会忍不住问自己，如果再努力一些，他们会不会游过去。在分手后的几年里，阿丝勒一遍又一遍问自己这个问题。随着时间的推移，她学会了不再消沉于过去。她也明白了，年纪越大，心就越复杂，明白在黑与白之间还有很多颜色，明白自己不该大惊小怪，明白不该有太多期待、太多在乎。

2001 年的 2 月，她搬进了一间带露台，能俯瞰博斯普鲁斯海峡的优雅公寓。一年后，她把年迈而忠实的 Uno 换成了崭新的福特 Focus——她得分期付款好长一段时间。她收入不错，过得也很好。确实，她的生活里缺失了某些东西，但每个人不都或多或少有这样的感觉么？

你不能因为一个人不够爱你就指责，甚至报复他。
更不能因为他的不牺牲、不投入而赔掉自尊。

Chapter 19

2003 年 10 月

　　遇见奥马尔再次动摇了阿丝勒原本平衡的世界。她开新车上班的第一天，阿里·卡利姆给她安排的秘书，一个年轻的姑娘，慌张地在门口碰到了阿丝勒。

　　"早上好，阿丝勒小姐。今天好多人给您打了电话。上午很多人找您。纳兰小姐打了两次电话。她说您的手机关机了。希南先生也打电话来了，也说手机联系不到您。然后奥马尔先生打电话来了，说了有关您车的事……阿里·卡利姆先生取消了十点的会议。"秘书低声继续说道，"他今天发脾气了。他不肯从办公室出来。他甚至不接电话。"

　　"有意思。"阿丝勒冷淡地说。她全心全意想着奥马尔，他打电话给她了。就算整个世界现在化为灰烬，她也不在乎——她为什么要花时间想阿里·卡利姆的事？幸好，几分钟之后，纳兰打电话来了，分散了她的注意力。

"我被解雇了。"她直接说道。

"什么？"

"他老婆发现了。"

"你开玩笑吧。"

"没有，我说真的。他昨天打电话告诉我的。他让我别再上班了。"

阿丝勒一点也不惊讶。她一开始就知道会这样。谁也不会从别人的遭遇中吸取教训——纳兰，这么聪明的女人，从一开始就看出阿丝勒和奥马尔的关系不会有结果。但是，看看吧，她在自己的生活中也犯了同样的错误，还说着"我们的关系可不一样"。阿丝勒希望自己有一个巨型喇叭能朝着这个世界大喊："别废话了！都是一样的把戏！"

虽然她想说些什么安抚纳兰，但她找不出合适的话来。这两个朋友约好晚上见面，一起喝几杯，聊聊近来发生的一切。阿丝勒得取消和希南的约会——这是她最近的候选男友。其实，这人没什么不好的，但是阿丝勒知道，你越忽视一个男人，他就越黏你。再者，阿丝勒也不想冷落希南。他是个可爱的男人……而且，他是这些年进入阿丝勒生活的众多男人中，最讨喜的一个。

他们只见过三次面，但这个男人确实给阿丝勒留下了深刻的印象。他们第一次见面是在阿丝勒一个朋友的生日聚会上——她这个爱管闲事的朋友，发现他们俩彼此有好感，便有了过几天五六个人一起吃晚饭的主意。最后，阿丝勒和希南一起看了电影，吃了比萨。除了奥马尔，阿丝勒不会对其他男人很快就上心。她通常要花上好几个月才能决定是否喜欢一个人。但和希南一起，不一样。在他们这三次见面里，除了他，她对其他人都视而不见。

希南唯一的缺陷在于他最近刚离婚。在阿丝勒看来，这并不只是个无关紧要的细节。她从经验里明白，刚离婚的男人就像死而复生的人：太过欢快，太过热情。问题在于，除了不停地想着孩子，他们还会惦念着前妻。多数打算重组生活的刚离婚的男人，都会很容易便陷入狡猾女人的掌心。

他们中的另一种人，则会变得妄想，以为每一个跟他打招呼的女人都想要他。他们甚至害怕和正常的女人调情，只能和朋友们到处晃悠，和他们觉得足够放荡的女人上床。事实上，这些男人所理解的"过自己的生活"便是纵情做爱。他们中没有一个会想停下来问自己："为什么我一直不停地做爱？"他们每天绞尽脑汁，床事还没结束，就想着找一个最好的办法，摆脱这些让自己无聊到死的女人。

阿丝勒觉得希南也可能是这些人里的某一种，不过对于一个刚离婚的男人来说，他看起来太镇静了。刚离婚的男人不可能平静：他们总是在焦虑中欣喜若狂。

这一天剩下的时间，阿丝勒都在听公司的八卦。走廊里回荡着阿里·卡利姆离婚的消息。今天是"世界不团结日"么？阿丝勒最不想要的就是这样。她要不要去关心一下阿里·卡利姆，好满足自己偶发的同情心？这不会有什么坏处，不过她的尝试没有作用。秘书严格遵守了命令，没让阿丝勒进去，不过她告知了阿里·卡利姆阿丝勒在外面等着。后来，阿丝勒发了一条短信给阿里·卡利姆："先生，我很担心你。"她收到了光速般的回复："我在办公室。进来吧。”

很明显，锤头鲨昨晚过得很糟糕。他大概刚从血红的眼睛上擦干泪水。他病态的脸让他看起来像一条挨了打的狗。

“嗨，阿里·卡利姆先生。你今天看起来气色不好。”

“因为我确实不好，阿丝勒。”他喃喃地说，“我很烦恼。”

阿丝勒坐在了阿里·卡利姆桌前的椅子上。

还没等她开口，这个男人就开始说了：“我妻子带着女儿回娘家了。她说她要离婚。老婆大人厌倦我了，烦我了。她说她再也不喜欢和我一起做的任何事情了。”他无法直视阿丝勒的眼睛。他盯着靠在侧墙上的文件柜，泪水再次漫上他的眼睛。他突然将凝视的目光转向阿丝勒，用期待认可的眼神说道：“怎么能因为厌烦就离婚？没人会这么干！”

阿丝勒没办法告诉他，她想不出比这更好的离婚理由了。听着他的故事，她甚至对一边流泪一边叹气的老板感到一丝怜悯。他是个又矮又胖、又笨又丑、敷衍逢迎的男人。阿丝勒一点也不喜欢他；但不管怎样，他也是人，也有感情……

愚蠢给了总经理一个狠狠的打击。他因荷尔蒙分泌过多而膨胀的自我，在他毫不关心的妻子离开他的时候，跌入了谷底。人就是这样。每当某个你不怎么在意，压根谈不上会为之去死的人抛弃了你，你便开始觉得他们必不可少。你会说："我不知道我其实那么爱他！"其实，这完全不是因为爱那个人，而是因为不喜欢被抛弃。同样地，看一个哭泣的男人，触动了阿丝勒内心深处的某个地方。

当阿丝勒使阿里·卡利姆的心情稍稍平复，回自己房间的时候，她觉得自己像个善良的仙女。她使他卸去了所有的烦恼。她希望上帝能注意到自己的善举，给她以回报。

瘦得皮包骨的秘书用好奇的目光看着阿丝勒。"奥马尔先生来了。我把他带进您的办公室了。"

阿丝勒的第一个念头就是，她把化妆包放在了办公室。她慌张地跑去盥洗室。妆基本已经褪了。她毫无办法。现在她愿意不惜一切代价，让脸上呈现粉底和腮红。假如阿拉丁的神仙此刻出现在她面前，她会毫不犹豫地命令他：

"把我的化妆包拿来！"她怎么能穿着这些蠢透了的裤子和衬衣：看起来很胖！如果穿着那件大地色的新连衣裙，她能像一个女王一般走进房间。但她匆忙买的这条土气的深蓝色裤子和这件大号上衣，剥夺了那种愉悦的可能。她这双穿了五年的劣质鞋子扩大了她的不幸：她看上去像典型的贸易中心工作人员。她想溜走，但这根本不可能……

在绝望中挣扎了五分钟，她向命运屈服了，忐忑地走出盥洗室。她走进办公室的时候，奥马尔笑着说道："大明星来了！你把我吓得魂都没了！"

他和以前一样潇洒——大概只有阿丝勒会这么觉得。通常，人们在多年后看见自己的老情人，即使当年曾疯狂相爱，现在也会做个苦相说："唉！我竟然喜欢过他！"为什么阿丝勒不这么觉得呢？她迅速走向座位，好让奥马尔没时间打量她全身。"不好意思。"她说，"你来找我有何贵干？"

她审视着他，想找出某个缺陷让自己安心点。什么都行：愚蠢的表情，俗气的袜子……只要是难看的就行。不幸的是，这个男人看起来无懈可击。

"你的车明天就会修好。我就是告诉你一声。"

阿丝勒假装很高兴。"这么快！"她打开化妆包，一边补粉底一边说，"抱歉，我马上要出去……"对的！她是个极具天赋的撒谎者！

"我猜这意味着我该走了……"

"你明白的……"

奥马尔站起来，走向阿丝勒的桌子。他站住了，脸上呈现出一种怪异的表情。"这些年我一直想知道你的消息。"他说，"我欠你一个道歉。我想哪天晚上请你出去吃饭。请允许我解释。"

绝对不干！她不会允许这些年经历了那么多改变之后，让奥马尔再次闯进自己的生活。过去她做过一回傻瓜，但是傻也是有限度的。她就算死也不会和他一起吃饭。

"明天晚上怎么样？"奥马尔问。

"好吧。"阿丝勒说……她居然接受了！她为什么要这么说？大脑和嘴之间难道不是连着的吗？她的为什么没有？

终于一个人待在屋子里了，她陷入了悲痛。曾经，她独自克服了一切困苦。曾经被她整个毁掉的生活，又重新开始了——那时候外国的古鲁[1]大师还没有来国内举行鼓舞人心的讲座，《和尚卖了法拉利》[2]这本书还没写出来！她忍受了应该承受的一切，磨灭了悲痛，终结了忧伤的起源。尽管如此，她还是像傻瓜一样让奥马尔再次进入了她的生活……你在自己身上赢得了最伟大的胜利。同样地，你让自己遭受了最彻底的失败。奥马尔说他想向她道歉！为了什么道歉？为他没有离开妻子？为他放手让阿丝勒走了？

"你从没爱过我。"她望着从她香烟上升起的烟云在空中组成奇怪的图形，喃喃地说道。在内心深处，她不知道对奥马尔的指责是否正确。你怎么能因为一个人不够爱你就指责他呢……奥马尔爱她太少——只够和她做爱。他爱她，却不能为她作任何牺牲。不投入。保持着距离。全世界都是这样的人。成千上万的人爱着自己的婚外恋人，却觉得无须和妻子或丈夫离婚。现在在他们其中的一个就要

---

1. 在印度教和锡克教中，指引你灵性发展的宗教导师被称为古鲁（guru）。
2. 古鲁大师、加拿大人 Robin S. Sharma 写的一本书，原名为 The Monk Who Sold His Ferrari。

站在阿丝勒的面前向她道歉，就好像可以为不够爱一个人
而给自己找一个理由，又好像那种因为没有得到足够的爱
而受到的伤害能被治愈似的。

Chapter 20

第一次，阿丝勒看见纳兰哭。她们坐在酒吧偏僻的角落里，纳兰再也止不住泪水，背对着门转了过去。夜还未深。这里最多五六个客人。纳兰一直摆弄着自己的杯子。她的双手因愤怒而颤抖，同时她一刻不停地抱怨着："混蛋！他老婆命令他解雇了我。男人没有丝毫道德感。女人就从来不会那样！他说过他爱我。他说他们的婚姻结束了。贱人！全因为那个女人，我现在一团糟。没有男人样儿的混蛋！胆小的尿包！但他会尝到教训的。他就要有麻烦了。"

"别胡言乱语了。"阿丝勒说，"干吗这么纠结？你可以找一份新工作。忘了他吧。让他和他那讨厌的老婆待在一起吧。这是对他最大的惩罚。"她害怕纳兰会做出什么荒唐事来。一般来说，纳兰不会找这种麻烦，但是现在情况不一般。想到各种可能的绯闻，阿丝勒便忧虑起来。

服务生又给她们斟满酒的时候，她们没有说话，但是纳兰的怒气越来越盛。她盯着不远处，不停地嘀咕，她说得越多，就越生气。她说的话让她显得失态。确实她说话一直有些不干净，但她现在说的话听起来像个野蛮人。

"那个婊子看到一条他发给我的信息就失去理智了。那天晚上简直像是在地狱。我早就让那个蠢货给我发完短信后马上全部删掉。反正他编了好多谎话，但那个女的一点也不买账。作为回礼，我要把他亲爱的丈夫洗澡时的照片发给她！就算我被炒了，至少我要给她留点念想。混蛋哈桑得明白，女人玩不起！"

纳兰拿出手机，给阿丝勒看了一张哈桑洗澡的照片。阿丝勒瞄了一眼，立刻就后悔了。她迅速转过头去：照片里的男人当然什么都没穿。

"我还有他在床上的照片。"纳兰又说，"在米兰拍的那些必须看看。其实你看不出这是不是在米兰，但是我当然可以加两句描述……每次贸易交易会我们都一起去。他总是在我之前先出门，我周末再跟去，这样就不会让人发现。"

　　纳兰的表情吓到了阿丝勒。纳兰给她的感觉就是，她要做一些傻事了。她那平日里冷静理智的好朋友，变成了一个自杀式袭击者。她说的话一点也不符合她。"但你这样又能得到什么呢？"阿丝勒问，"你会获得什么？"

　　"那你像傻子一样逃走又得到了什么？有人发你一枚荣誉勋章，说你是个有教养的女孩子？"纳兰一边擦着眼泪一边朝阿丝勒喊道。

　　"即使我什么也没得到。"阿丝勒说，"至少我不会失去自尊。那个女人炒了你，因为你和她丈夫搞外遇。换句话说，你不是命运的受害者。那个男人选择了她，因为他爱她胜过爱你。仅此而已。现在你要因为他不爱你就去报复么？你应该高兴，因为至少现在你明白了。否则，你还会继续相信，他爱你爱得要死。"

　　酒吧里的人转过头来望着这两位年轻的女性，纳兰再次大哭起来。"我相信他爱我。"她抽噎着说，"你看。这是他在我来之前发给我的消息。他说：'我爱你超过世界上任何人，但是我没办法向我的儿子解释。'"她把手机上的短信给阿丝勒看。

阿丝勒想说，这其实不是手机，而是潘多拉的魔盒……但是感觉到纳兰正痛苦地注视着自己的脸，阿丝勒选择了沉默。纳兰望着阿丝勒，仿佛她的命运取决于阿丝勒说的话。假如阿丝勒说"他肯定爱着你"，纳兰就会相信哈桑的爱。

对处在绝望中的人说出真相是需要极大勇气的。此刻，阿丝勒实在不忍心告诉她的朋友，为爱而终止自己婚姻的人确实存在。她无法告诉她，哈桑这么小心圆滑，是为了让纳兰不会做出傻事。阿丝勒想骂他是个下流的骗子，但她把这些话吞了下去。一个人怎么可能为了不让自己的儿子难过，就让自己爱着的女人遭受痛苦的折磨？他怎么可能会说"瞧瞧，儿子。如果这种事情牵扯到了孩子，一定要留住你不爱的那个女人，跟她永远痛苦地生活下去"？

"行了！别哭了。阿里·卡利姆要来了。"阿丝勒说。出于某种原因，虽然不知道老板和纳兰有没有些许可能合得来，她在离开办公室之前还是邀请了阿里·卡利姆。后来她意识到，纳兰不可能对矮胖子感兴趣。不过，来个第三者可以稍微缓解一下紧张的气氛。

"你干吗请个讨厌的人过来？"纳兰抱怨道，"我可没心情忍受陌生人。"

"喂，不至于啦。"阿丝勒说，"会很有意思的。有个新人说说话。"她咧开嘴笑了。就在她瞥了一眼大门的时候，她看见泽琳进来了。**该死**，她心想。她尽量保持低调，低声说："哎！泽琳刚刚进来了。"

跟泽琳一起进来的是个整容过度的女人。她们俩的桌子在偏僻角落里，但泽琳有雷达般的扫描功能——她很快就发现了阿丝勒和纳兰。前几天晚上刚吵了一架，所以她只是隔着老远向朋友挥挥手。她们三个不再对彼此生气还需要一点时间，不过很快她们又会亲密无间了。泽琳总是让朋友们筋疲力尽，所以时不时地和她分开一段时间挺好的。

她对阿丝勒发誓，几个月前在阿克梅尔克兹购物中心碰巧遇到奥马尔的时候，他们只聊了五分钟。他们聊了几句，最后话题转到了阿丝勒身上——但也只说了一小会儿。泽琳一开始没把这次偶遇告诉阿丝勒和纳兰，是因为不想伤害阿丝勒，至少，她是这么说的。阿丝勒知道这是个弥天大谎——泽琳不会让自己忍痛而对别人温柔。而且，泽琳守不住秘密。

阿丝勒觉得，肯定有谁告诉泽琳，如果不说个不停，她就会暴毙而亡。阿丝勒确信泽琳跟奥马尔说了太多有关自己的事情，而且她意识到自己的错误，感到害怕了。这会儿，泽琳正在跟身边那位审美王后说悄悄话。想必是些关于阿丝勒和奥马尔的闲话。泽琳肯定要跟那个女人把故事从头讲到尾了，泽琳的规则很简单："最亲近的人就是坐在身边的人。"她跟每个能说话的人喋喋不休。她不假思索地抖搂自己和朋友的秘密。

阿丝勒靠向纳兰说："她现在在八卦我了。"她说这话的时候，没意识到纳兰的情绪很不稳定。

没有丝毫预兆地，纳兰朝着泽琳的方向用最高分贝喊了一声："泽琳！"泽琳，和酒吧里其他人一样，望着她。她这时继续喊道："闭上你的嘴吧！"

人群哄笑起来。泽琳的脸色完全变白了。然后，她向纳兰比画着，意思是说她疯了。阿丝勒实在太难为情了，把注意力完全集中到酒杯里的柠檬片上。她希望这一夜赶快结束。

　　阿丝勒把每个新来的客人都误认成了她的老板。有一瞬间，她甚至把一个身高最多一米二的短发女人当做了阿里·卡利姆！当阿里·卡利姆——阿丝勒嘴里的锤头鲨——终于来到的时候，两个姑娘已经各喝了两杯酒。这个男人在她们边上坐下之后，阿丝勒觉得，不该再继续盯着大门了。

　　事情并没有朝她害怕的方向发展：纳兰并没有虐他。当她发现世上其他人也很悲惨的时候，她大概就平静下来了。气氛不是太紧张，虽然纳兰一直告诉阿里·卡利姆，他老婆恐怕有个秘密情人。阿里·卡利姆对此则不以为然，阿丝勒虽然和纳兰一个想法，却也为他撑腰。

　　尽管阿丝勒满脑子都是自己的胡思乱想，但她被纳兰对待他人时表现出的无情的现实主义震惊了。有一次，阿丝勒不得不责备她的朋友对阿里·卡利姆不必要的打击。她打断说："纳兰，人家想信什么，你就让他信吧。"她接着说道："你难道没看出来，你自己不也坚信哈桑仍然爱着你？"

纳兰没有生气，而是把剩下的酒一口闷了，自信满满地答道："但是我知道，他爱着我。我确信……"

当天夜里晚些时候，纳兰和阿里·卡利姆咒骂着各自的命运，而阿丝勒则饱受充斥在内心的、压迫灵魂的种种疑虑的折磨。如果哈桑能够放弃一切和纳兰在一起，她绝对会为朋友感到高兴。但是，阿丝勒私底下会不会感到嫉妒呢？毕竟，她没有一个为自己牺牲一切的男人。如果纳兰享有了这种特权，阿丝勒恐怕会更加孤独了。喝这么多，让自己变得过于多愁善感了，阿丝勒心想，自己太坏了！然后她望了一眼她的朋友，泪水漫上了眼眶。纳兰看起来多凄凉啊！阿丝勒想抱抱她。

"别碰我！"纳兰推开她，"我讨厌喝多的人来黏我！"

"我喜欢！"阿里·卡利姆急忙说，"你可以抱我！"如果是个充满魅力的男人说这话，阿丝勒会放声大笑，但一个顶着过于肥大的脑袋的男人开这种玩笑，你连嘴角都不会弯一下。

"谢谢你，不过我现在得走了。"阿丝勒说。可是她刚站起来便又瘫倒在座位上。她觉得自己的大脑缩成了花生米那么小，正在撞击着她的脑壳。她没意识到自己喝太多了。"唉！"她说，"这可麻烦了。"

纳兰大笑起来。她拿起钱包，拉起阿丝勒的手臂。"你忘啦，今天晚上我在你那儿过夜，我们现在打车去。"

阿丝勒不记得说过这个，不过她知道，假如她拒绝，可能会让纳兰不高兴。阿里·卡利姆坚持要开车送她们回家，三个人一起离开了酒吧。等上了车，事实证明，阿里·卡利姆也喝高了。

终于到家之后，阿丝勒只想跪下来亲吻大地，感谢万能的上帝让他们平安无事地回来了。纳兰则不太走运，她在公寓楼外的垃圾箱边上吐了。然后，阿丝勒突然被一阵仁慈的风暴冲昏了头脑——显然是在酒精的作用下——跟阿里·卡利姆说，他这样开车太危险了，请他留下来过夜。

当他们走进公寓的时候，她便后悔自己说的话了。她给了阿里·卡利姆一条毛毯和一件写着"马尔代夫"的T恤。阿丝勒心想，她漂亮的白色沙发凭什么要遭此惩罚。

整整一晚，她都在做噩梦。一方面是因为第二天要见奥马尔的压力，一方面是因为家里有个讨厌的客人留宿让她很不舒服。在她的一个噩梦里，朱莉德姨妈和奥马尔在做爱，一种白色发臭的液体从姨妈的两腿中间流出来。阿丝勒满身大汗地醒来。她仍然闻得见那个味道，恶心得浑身发抖。她摸黑爬起来，在掌心喷了一点香水，深深嗅闻。

Chapter 21

　　厨房里的嘈杂声吵醒了她。她一想起今天的晚饭之约，心就开始扑通扑通地跳。她怎么会傻到接受奥马尔的邀请呢？这么多年，她已经习惯和不会让自己动心的男人约会，而这种她认为只属于青春期的奇怪感觉让她无法承受。恋爱中的人居然可以活下来，这真是奇迹。缺少激情的关系及其带来的淡淡的愉悦当然对健康更有好处。如果她想要心跳的感觉，她可以出去跑跑步。

　　她穿上运动裤和 T 恤，走向厨房。阿里·卡利姆正在笨手笨脚地翻柜子——他睡眼惺忪的样子更丑了。星期六的早上你不会想在家里看到这么个人。他套着阿丝勒给他的 T 恤，下面穿着自己的西裤，看起来就像她美丽的厨房中一个巨大的污点。他光着脚丫在瓷砖上留下了潮湿的印记，阿丝勒简直要吐了。不过，她还是挤出一个微笑，大声说："早上好！"希望能把他吓到。

阿里·卡利姆跳了起来，然后说道："早上好。我是想给你们两位漂亮的小姐做早餐。"

"那你最好是去拐角那家杂货店买点吃的。"阿丝勒说，"因为这间房子里没什么可以给漂亮小姐吃的东西。那边至少还有一个面包房。"既然是在自己家，阿丝勒觉得这么随意地跟阿里·卡利姆说话也没什么问题。

"那好吧。我把水烧上，马上就去。准备好吃大餐吧！"

阿丝勒通常不吃早餐，所以家里从来不备橄榄或者香肠这样的常见食物——不过那天早上，她吃了一顿一般人不会放在早餐享用的盛宴。

虽然只摆脱阿里·卡利姆十分钟，她还是很高兴，她冲进纳兰睡觉的房间，拉开了窗帘。这其实是阿丝勒放衣服的房间，不过她在这里放了一张床，以备有人留下来过夜。纳兰不情愿地睁开眼，不高兴地看了阿丝勒一眼，嘟哝了几句听不懂的话，又闭上了眼睛。她的脸上沾着黑色的斑纹。昨晚她连妆都没卸就睡着了。跟阿丝勒一样，她状态不太好。

"好啦，醒醒！"阿丝勒说，"我们得尽快摆脱那个讨厌的家伙。"

"行！再过五分钟。"

就在阿丝勒要放弃的时候，她看见了地板上的袜子。只有两只脚的纳兰不可能穿两双袜子。她怒冲冲地拉开毯子说："我叫你起床！"然后走了出去。

阿里·卡利姆已经去了杂货店。阿丝勒想不明白他是怎么没穿袜子把黏糊糊的脚塞进休闲鞋的。这都是她的错。她昨晚不该请他来喝酒。仅仅在十二个小时里，他就变成了与她的生活以及她的客厅不可分割的一部分。此刻，她最大的心愿就是阿里·卡利姆仅仅是给纳兰留下糟糕印象的一夜情。阿丝勒还希望今晚吃饭的时候不会受到奥马尔的影响。当然她也没忘记最后一个愿望：为今天晚上选一套合适的衣服。

当她冲完澡，擦干头发回到客厅的时候，纳兰还没有出现，但是桌上有一顿难以置信的早餐在等着她们。阿里·卡利姆没有吝啬钱。阿丝勒突然觉得像马一样饿。

"哇！这太丰盛了。"她说。但她几乎立刻又想说："你干吗不滚出去让我和纳兰好好享用早餐？"

"我也是个很不错的厨师！"阿里·卡利姆很高兴。他用一种自夸自喜的姿态审视着餐桌，然后说："你洗澡的时候，有个叫希南的人打电话给你。他说还会再打过来。"

阿丝勒愣住了，然后反应过来，大叫道："你接了我的电话？"

"不好意思。我没想要做坏事。"

"好极了！本来还期待着没多久我们就能成为恋人的，现在人家倒要觉得我是个荡妇了！谢谢你。"

阿丝勒不理会阿里·卡利姆的道歉，瘫倒在沙发上，点了一根烟。上一次吃晚饭的时候，希南大大方方地问她有没有男朋友，阿丝勒说没有。她要如何向他解释星期六的早晨一个男人接了她家里的电话？特别是在她跟奥马尔见面的这一天——她不能冒着让希南从她生活中溜走的危险。那样，她会失去最后的防御……她拿起电话，拨了希南的号码。希南接起电话的时候，她用欢快的声音说："嗨！"

"嗨。"希南听起来不像往常那样温暖。

"你想来吃早餐吗？"阿丝勒说，"昨晚有几个朋友在我这儿过夜，他们支起了一张超级早餐桌。"

"其实，我打电话就是想问你要不要出来跟我去耶尼柯伊[1]吃早餐。"成功了！他的声音又恢复了以往的温柔。

"过来吧！"阿丝勒坚持说。"我家离耶尼柯伊也不太远。"她调皮地说。

挂了电话，她命令阿里·卡利姆和好不容易从床上爬起来的纳兰："我未来的男朋友马上过来，你们最好假装是一对！"

"你在说什么胡话！"纳兰抗议道。

阿丝勒怒视着纳兰。"我觉得这对你来说不算太难。你怎么不把阿里·卡利姆的袜子拿过来？也许他想穿了。他的袜子不就在你床边的地上！"

---

1. 伊斯坦布尔市的一个社区。

Chapter 22

　　这是她第一次在白天见希南。没有了夜晚的灯光和烟雾缭绕的环境，他看起来更真实了。他有着深棕色的短发和棱角分明的脸，整洁得体。他的嘴唇大概是男人当中最迷人的那一型。你越细看他，越觉得他英俊。阿丝勒的母亲以前说："有些人对你的吸引会逐渐变深……"事实上，她这样描述的通常是女人——她的母亲很少评价男人。他们惬意地坐在客厅里时，阿丝勒情不自禁地捕捉着希南面部表情的变化。他随和而有趣。他的在场改变了这个尴尬的早晨。就连阿里·卡利姆也没那么令人心烦了。过了一个小时，她发现自己在思考到底喜不喜欢他。她努力不去想，却做不到。一如既往，每当她越是不刻意去想某件事，就越是会对这件事心心念念。她还记得中学的德语老师——一个又矮又瘦的男人，手很小，戴眼镜，头发些许花白——是怎样占据她头脑整整一年的，就因为一次课上，阿丝勒在心里构想了一副他赤身裸体踮着脚尖奔跑的场景。

阿里·卡利姆和纳兰在早餐后没多久便走了。阿丝勒发觉自己已经好几个小时没想奥马尔了。真是个奇迹！就在昨晚，她还担忧自己会不会整个周六都一筹莫展。她的心仍然跳得很快，但这是因为别的……

"这是我们第一次白天见面，对吧？"希南微笑着说。

阿丝勒正蜷缩在他对面的椅子上，她可不想承认，几分钟之前她和他有一模一样的想法，只说了句："你说得没错……"

"我有些失落。"希南突然说。

"为什么？"

"因为你并不仅仅是一朵夜来香。"

阿丝勒如释重负地深呼出一口气。当她的某个漂亮女友被男朋友告知说，很遗憾他不再觉得对方性感了，这真是最为让人气馁的事——不知为何，最近的男人都不懂得收敛自己的感情，开始讲起伤人的大实话了！这时，受了伤的女人开始怨念地怀想当初满嘴跑火车的男人，那些会说"你值得拥有一个比我好的人"或者"我害怕被束缚，失去自由"的男人，起码美丽的谎言比残酷的现实能给人些安慰。

"我当你是在表扬我。"阿丝勒说，"谢谢。"

"现如今，一到了早上，你就认不出前一天晚上在酒吧里相识的女人了。"希南说，"在酒吧里，她们的妆容、发型和着装都让她们美得令人窒息。她们穿特殊的文胸让胸看起来更丰满，她们抹带有硅油的唇膏，如果想要长发，她们会用那种叫嫁接头发还是什么的东西。"

虽然阿丝勒不太愿意聊这种话题，她还是决定给这个嘴唇性感的男人一个机会。"这也没那么糟糕吧，对吗？"她说，"过去，你们男人可没那么多漂亮姑娘可追求。"

希南先是爆发出一阵大笑，然后，他凝视着阿丝勒说道："所以你也想尽快结婚咯？"

"什么？你为什么这么说？"阿丝勒睁大了眼睛。她怀疑希南是不是有点智障。上帝保佑，她心想，千万别这样。幸好，这一次上帝应了她的祈祷。

"你的项链里有丁香花。"

阿丝勒瞄了一眼去年夏天她在博德鲁姆[1]买的项链，上面装饰着蓝色的宝石和干枯的丁香花。"怎么了？"她问。

"在我家乡，适婚年龄的女孩会戴饰有丁香花的项链。"

"真的吗？为什么？"

"我猜这跟荷尔蒙和好闻的气味有关。据说年轻的准新娘洗土耳其浴的时候，她会脱掉衣服，但不会摘下项链，这样香味就会渗透进她的皮肤……"

房间里起了一种奇妙的变化。阿丝勒假装没看见希南炙热的注视。"那么还没准备好结婚的女孩呢？"

"戴不同的种子……其实，这是受了游牧文化的影响。因为游牧民族不能在同一个地方逗留太久，他们就把有价值的种子穿成项链挂在年轻女孩的脖子上。这样，走到哪儿，种子就带到哪儿。"

阿丝勒很喜欢这个话题。她站起来，走进厨房煮土耳

---

1. 土耳其穆拉省的港口城市，位于这个国家爱琴海地区的西南部，博德鲁姆半岛的南部海岸。

其咖啡。当她站在灶台边上等待时，她不禁问道："那结了婚的女人戴什么呢？"

回答不是从客厅传来，而是从她身后发出的。希南一边亲吻着她的脖颈，一边解释着："她们一直戴丁香花项链，直到有了孩子。之后，她们开始戴一种叫葫芦巴的植物种子。每当母亲要去往别的地方，她就把项链挂在孩子的脖子上，这样他会觉得母亲还在身边……"

希南说着，阿丝勒觉得自己恨不得脱掉身上所有穿着的东西，包括她的项链。奇怪的是，她感觉到某种东西给了她希望。有一星火花——再次陷入爱情的承诺……她想要紧紧抓住这种感觉，因为只有这种感觉能使她免受奥马尔的伤害。只有新的爱情能够掩盖旧情的印记。这个念头让她激动得难以形容。只有深深爱过又失去过的人才能理解她现在的心情。这是内心承受了多年的悲惨负担终于得以解脱的喜悦——即将撕去痛苦，丢弃早已成为身体一部分的失望情感。她已忍受那血流不止的伤口太久太久，以至于突如其来的痊愈让她感到要喜极而泣。她渴望再次全身心地做爱。她想要再次感到完整。当她拥抱希南的时候，她的双眼在燃烧。

和一个你不爱，或者你知道不会爱上的人，没有任何内心波澜地做爱，就好像清醒地置身于一个世人皆醉的地方。阿丝勒已经三十三岁了，她知道性已不会使自己沉醉。真正陶醉的唯一办法就是把性和爱融合到一起。这天下午，阿丝勒想要醉个痛快。她关掉炉子，走出厨房，希望任何可能破坏她梦想的事情都别来打扰。此刻，她没有耐心面对那些怪异的嗜好。她一直都害怕碰见有奇怪癖好（比如舔她的鼻子，或者像个小姑娘一样说话）的男人。她没有遇到过这种事，但她的朋友们分享过自己类似的荒诞经历。她一个朋友的恋人，做爱的时候骂个不停。不是脏话，而是纯粹的咒骂。还有一个，会像女人一样呻吟。阿丝勒乞求着，祈祷着："亲爱的上帝，我知道我今天占用你太多注意力了，但是，如果可能的话，就让我用最普通的方式做爱吧！"只要一个寻常但美丽的爱的方式……

他们醒来的时候，天色几乎黑了。她看着手表，想要搞清楚自己的感情。再过三个小时她就要见奥马尔了，而她还没有丝毫慌张或者感情的波动。她只想再次躺下来，在希南的怀里睡去。另一方面，她又迫不及待地想要坐在奥马尔面前——坐在那儿，心如止水，泰然自若地看着他。

"你今天晚上有什么安排么？"希南问。

"很遗憾，有安排了。"阿丝勒说，"我要去和一个朋友吃饭。前段时间约了见面的……"她有些紧张。她不想把新的关系建立在谎言之上，但当前她只能这样告诉希南。

"哪个朋友？"

阿丝勒一向不善于撒谎。

"说来话长……他是我姨妈以前的情人。"和往常一样，她撒了最差劲的一个谎。更糟糕的是，希南对这个话题很感兴趣。

"有意思……我还没有过有情人的姨妈。姨妈一般不都有丈夫么？"他说，"那这个前任情人找你干什么？他想跟你姨妈重归于好？"

"就算他想，也没可能了。我姨妈很久以前就过世了。大概七年了吧……"

"抱歉。"希南说，"所以今天晚上，我得因为一个老男人被抛弃了……"

阿丝勒没有说什么。她低下头朝向地板，好像在沙发底下找什么似的。她得藏起潮红的面颊，而这样兴许会让希南觉得是因为她弯着腰，血液流到了脸上才发红。这么多年，她发明了很多种掩饰脸红的方法，这个是她最喜欢的一种。

"你掉了什么东西吗？"

"没有。我以为地毯上有个污点，其实没有。只是光线问题……"阿丝勒说着，红着脸再次坐起来，对着希南微笑。

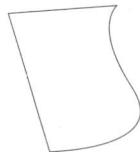

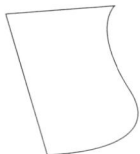

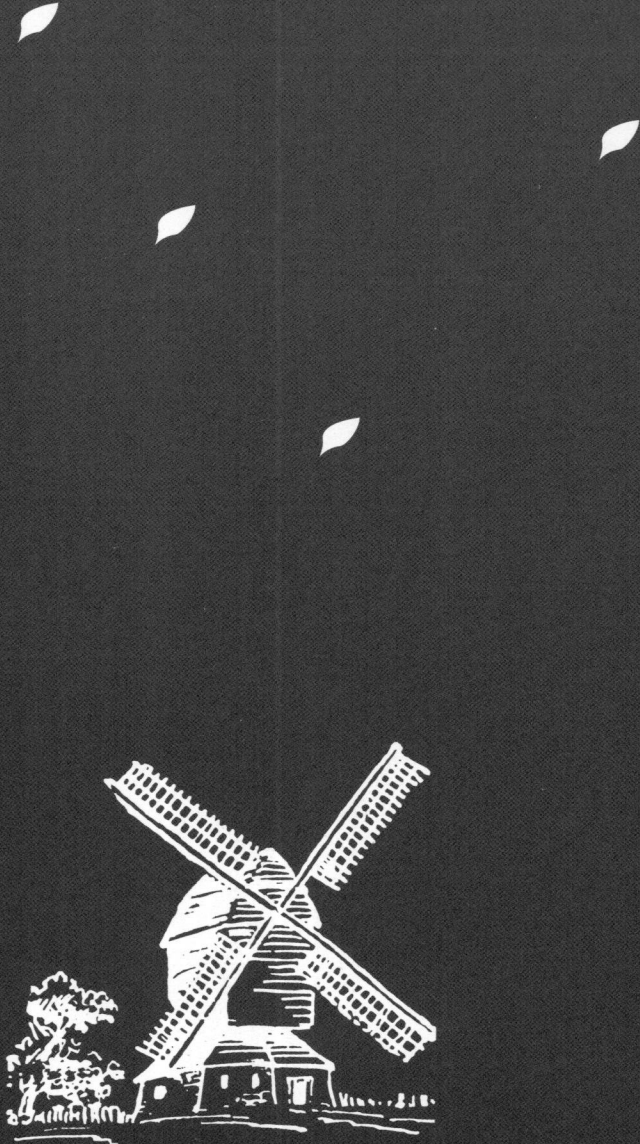

你听过最扯的鬼话是什么？
"我和那个女人结婚不是因为我爱她。
我和她结婚是因为我爱你！"

Chapter 23

　　她把车停在了稍远的地方，这样她可以在凉爽的夜色里步行一会儿。虽然贝伊奥卢区[1]并不是夜间散步的理想去处，但空气很清新。每当她混入伊斯提克拉尔街的人流中——在步行街上闲逛的人总是多得让她吃惊——她总觉得她在被洪水冲刷。一大群人在路上走来走去……他们从哪里来，他们到哪里去？开辟自己的路而不撞到谁或者挤到谁是需要技巧的。某条岔路上的音乐飘进她的耳朵。经过海鲜市场的时候，她觉得自己和这条大街一样欢快。她情绪高涨，踩着轻快的步伐走向目的地。她觉得如果闭上眼睛倾听，她可以听见城市呼吸的声音。

　　很久以来，她不曾感到如此坚强和快乐。那些害怕撞到奥马尔、听见他消息的日子终于留在了过去。她曾偷

---

1. 伊斯坦布尔市的一个小镇。

偷地像个疯子一样寻找奥马尔——在大街上，在餐馆和酒吧里——找了很多年。不过一切都结束了，生活只是一连串的幻想。你的视角不同，一切就会有着不同含义。并没有什么好和坏。当你改变对待生活的态度，一切事物的含义也转变了：好的变成坏的，错误似乎成了正确的选择。从地面上看起来非常重大的事情从天上看起来就变得渺小了。

是的，你目光所及的物体永远都一样——只是你看它们的方式改变了。作为某个人的情人的朋友，你会有某种观点；但假如你是他妻子的朋友，你对事情的理解就会完全不一样。你会为电影里的某个人物落泪，但在现实生活中遇到同样的人，他可能会惹你生气。当你正经历一段进展不错的新恋情，旧情人在你看来就不再那么可爱了。事实上，你们两个仍然是原来的自己，但是光线变了。有人去世确实是一件悲伤的事情，但如果你憎恨那个人，你并不会太伤心。当你以吞食逝者尸体的驱虫的角度来看待，死亡则是美妙的。

这一切最绝妙的地方在于，没人能看清自己所处的确

切位置，别人也不行。我们的过去和现在，梦想和失落，

悲痛和不满，一直在把我们前拖后拽。无所谓绝对，非黑

即白。我们都在迷失。

Chapter 24

　　"说说吧……听说你最近和达雅离婚了，又结婚了。哪个女人那么幸运？"阿丝勒小口抿着葡萄酒。她靠在座位上，等着奥马尔的回答。其实，她不想知道答案。如果有可能的话，她宁愿住在一个没有奥马尔的世界里。

　　"图芭。"

　　"她是什么人？做什么的？"

　　"她在银行工作。仅此而已。你还想知道什么？"

　　"我不知道。什么都行……你们怎么认识的，在哪里结的婚，如果你乐意说的话。一般人都会好奇的事情嘛……"她看得出奥马尔变得越发紧张，她喜欢这样。

　　"没多少可说的。婚姻只持续了三个月。"

　　三个月？当阿丝勒知道他再婚的时候，她哭了将近半年。

"喔，真的么？为什么？"

"我们能不谈这个话题了吗？"

"你的感情受伤了？"

"看在上帝的分上，我为什么会觉得受伤？我甚至都不记得她长什么样。"

"感谢上帝，在修理店你还记得我长什么样！"阿丝勒意识到自己正在驶入危险的水域。她对奥马尔微笑。然后她注意到了他注视自己的方式。他脸上的表情似曾相识。过去，每当她看见他注视自己的这种表情，就会觉得，他爱自己胜过一切。他常常凝视着她，仿佛是第一次看见她，仿佛时间停止了，仿佛没有人比她更美。

"我从没忘记过你的脸。"奥马尔说，"一刻也不曾。"

此时，阿丝勒感觉有一滴泪珠滚落到了她的盘子里。第二滴、第三滴立刻接着落了下来。千言万语涌上心头，但她的双唇紧闭。终于，在落下将近二十滴泪后，她开口问道："为什么？"

"什么为什么？"

"为什么是现在？过了这么多年，我们为什么还要讨论这些？"

"因为我想要你回来。"

"在过了七年之后？"

"我一直想要你。是你逃走了。"

"你记好了，是你在大家面前说你不会为了我而离开你的妻子。我除了逃走还能怎样？我该下半辈子都做你的情妇吗？我应该现在跳起来，抱住你，忘记一切，就因为你说你想要我回来？"

"是的。"

"我应该忘记你离开达雅并不是为了我，而是为了某个你都记不清长相的女人吗？"

"是的。"

"好。我们还应该准备一场婚礼。你还可以给我买个单颗宝石的戒指……"

"我会的。"

"你疯了。"

服务生上菜了，他们两个一言不发地坐着。他们太疲惫，吃不下了。阿丝勒望着他端着酒杯的手，就像日本动漫里的场景一样，双眼很快浸满了泪水。她试图不眨眼，好不让眼泪从脸颊滚落。邻桌的人正朝他们看。她想冲着他们吐舌头。他们会有什么反应？她想。

　　"我没兴趣做你的第三任妻子。"

　　奥马尔隔着桌子靠过来，用一种温顺的语调说："我厌倦了等待，我厌烦了试图用其他人来填补你留下的空洞。我承认我之前表现得像个傻子。相信我，如果我有机会从头来过，我会表现得不一样。"然后，他握起阿丝勒的手，把她的手掌按在他灼热的嘴唇上。

　　阿丝勒抽回了手。"我有男朋友。"

　　"你爱他吗？"

　　"是的。"

　　"你再也不要我了？"

　　"没错。"

　　"那你为什么一直在哭？"

　　阿丝勒抽泣着，却无法说出口："你说一个字就能让我哭，但你说什么也无法让我忘记你曾对我做过的事。"

　　"我想尽各种办法找你。刚开始的两年，我甚至不知道你搬到了哪里。我求泽琳和纳兰都求得要死了。你肯定是把泽琳吓坏了，她那么害怕，一点也不敢泄密。两年后，我开始从纳兰那里得到零星的消息，从那时起，我和她就没断过联系。她一直告诉我，你过得很好，已经完全忘了我。我都疯了。你知道有多少个晚上，我坐在车里等在你家门前？你知道看着你和别的男人手牵手走进去，我的心有多疼么？"

阿丝勒无法相信自己的耳朵。她从没想过，奥马尔也会痛苦。其实，她知道一开始他会失落，但她以为他会很快将自己埋葬在过去。她的愤怒稍微平静了些。至少这样平等了。她不是唯一痛苦的人。这些年她所经历的他也经历了。

"你恨我，因为我和别人结婚了。"奥马尔说，"我做这一切都是为了忘记你。我试图去爱别人。我尝试平息我的痛苦。但是生活不是简单的公式……我和那个女人结婚不是因为我爱她。我和她结婚是因为我爱你！"

陷入爱情的人会不择手段扑灭爱的痛苦，
他们口口声声对你的爱，
也许只来自他心底对某个人深深的恨意。

Chapter 25

　　幸好，沉重的铁门没有锁上。她全力推开门，跑进老公寓楼。她一点也不在意穿着高跟鞋，两级两级地跨着台阶走到五楼。这些年她一直在锻炼，但今天的表现和那并没有关系。她靠在木扶手上深吸了一口气，按下了25号房间的门铃。她开始用另一只手敲门。已是深夜两点半，但她完全没有心情小心翼翼。她既不在乎把邻居吵醒，也不在乎有可能引起丑闻。

　　她像个疯女人一样不停地砸着门。楼里的寂静放大了这声音，使它变得难以忍受。今天晚上，她发现，一个人可能做出任何事。一个人可能变成杀手、小偷或者妓女，抛弃自己的孩子，卖掉自己的妻子，或者偷走别人的器官。换句话说，她即将做的事情还比不上她有可能做的事情。人类如此无法无天。每个人都是……

几分钟之后，24号房和25号房的门同时打开了。一个头发乱糟糟、穿着条纹睡衣的男人直勾勾地盯着阿丝勒，而阿丝勒猛力推开25号房间的门，走进去，抓住穿着粉色睡衣的年轻女人的头发。

"你和他上床了，是不是？"阿丝勒喊道，"跟我说实话！"

"你精神失常了还是怎么了？放开我，你弄疼我了！你疯了吗？"穿粉色睡衣的女人终于挣脱开来，跑进客厅另一头的角落里。

"我问你有没有跟他上过床！"阿丝勒吼道，然后拿起她朋友最值钱的花瓶，摔在了地上。碎片像子弹一样四溅。两年前，她们一起买了这个价格不菲的花瓶。那是一个大雪天，极少见的大雪。以至于后来那段通常只要走五分钟的路，她们深一脚浅一脚地走了四十五分钟，就这么互相依偎着缓缓地走过了那段路程。

"我真不敢相信你把它摔碎了。你以为我和谁上床了？"

"和奥马尔！"

阿丝勒在咆哮。她一边继续把能拿到手的任何东西砸向客厅另一头，一边咒骂这极简主义的装修。当找不到东西可扔的时候，她跳过沙发，对她的朋友又扇又抽。不过这一次，朋友回击了。即使她们身后有个男人让她们消停一下，她们也决意不放开对方的头发。

"看在上帝的分上，求你们住手吧！你们都疯了吗？"终于，阿里·卡利姆成功挡在她们中间，这两个女人像愤怒的公牛一样喘着气。

阿丝勒再次问道："你和他上床了吗？"

"上了又怎样？"纳兰整理着睡衣，尖锐地说。

"去你妈的！你曾是我最好的朋友……"

"好吧。我和他上床了，我就变成坏人了。但他是你姨妈的情人，你还没等你姨妈变成灰你就朝他扑过去了！所以你别在我面前装高尚！"

"你和你姨妈的情人上床了？"阿里·卡利姆插了一句。他只穿着短裤，看起来显然吓呆了。

"我姨妈已经死了……"

"不好意思，但我等不及你去死了。"纳兰说。她有着占上风的特殊技能。

阿丝勒看着纳兰，好像要杀了她似的，然后开始嘘阿里·卡利姆："看看你吧！别管闲事，你这个蠢货！"

"阿丝勒，请别这么没礼貌。"阿里·卡利姆抗议道，"现在是凌晨三点，你最好马上离开。"

他们真是恶心的一对。两天前，一个还是阿丝勒的上司，另一个是她最好的朋友。但现在，一个是她的敌人，另一个，是她敌人的男朋友。慢慢地，阿里·卡利姆变成了她释放所有暴怒的对象，她再也控制不住从嘴里说出来的话了。

"我没有不礼貌。"她说，"你就是个蠢货，难道不对吗？公司里的每个人不都这么说吗？你今年扶持的所有项目最后不都是把钱打了水漂吗？我们的竞争者发现所有你想出来的好主意其实都不中用，反倒拿来对付我们了，不是吗？你就是蠢货！彻头彻尾的蠢货！你那巨大的脑袋和占据你头脑的愚蠢想法都让我恶心！"

阿里·卡利姆带着嫌恶的表情说："臭婊子！"就在这时候，一个木质烟灰缸砸中他的脑袋。他离开房间，过了几分钟穿着裤子回来了。阿丝勒和纳兰隔着老远坐着抽烟。假如不是有人敲门，来了两个警察叫他们去警察局，阿丝勒会安然地在同一个地方一直坐到早上。她想要知道一切。包括最小的细节……

邻居投诉了他们。面对这么多噪音和吵闹，还有午夜之后的叫喊和咒骂，任谁也会这样——没准他们觉得有人被谋杀了。如果是别的时候，阿丝勒肯定会羞愧至极，但现在，她坐在警车后面，一点也不觉得丢人。警察们想装得严肃些，但很明显他们充满了好奇心。他们大概以为这两个年轻女人在为锤头鲨而争吵。他们问了几个问题想弄清争吵的缘由，不过在意识到得不到任何回答之后，便放弃了。

阿里·卡利姆害怕这两个女人在警察局还会接着吵，便担起了解释来龙去脉的责任。"我们很抱歉，闹出这么大乱子。"他说，"我们打扰到邻居了。这两位女士是老朋友，但是突然就吵起来了。现在绝对已经结束了……朋友之间有时候也会发生这种事的。"总而言之，他像往常一样说着瞎话。

　　"我们得做个正式记录。"一个警员说着，试图掩盖自己的笑。

　　做笔录的时候，他们喝了点茶，三个人都克制着不看对方。半小时后他们终于能离开警察局了，而他们都还没消怒。阿丝勒不知道自己是因为天冷还是因为愤怒而颤抖。她希望能倒转这一天，永远不再经历一次。假如她知道事情会发展成这样，她绝对不会赴约吃晚饭。朱莉德以前总说："有时候，傻一点，活得更轻松。"她说得没错。有谁因为太理性或太聪明而得到过好处了？当你深究一件事的时候，你最终总会发掘出肮脏腐烂腥臭的现实。如果你能够承受得了，算你幸运，但如果不能，你一开始就不该挖这个坑。而你不得不让泥土、石块甚至是鲜花随着岁月的推进掩盖住那些污浊……只有在那时，你才能够在它们堆砌成的虚假的花园里嬉戏。

　　阿丝勒望着穿着厚呢料上衣的纳兰一言不发地走着。纳兰凌乱的长发遮住了脸。阿丝勒曾熟知她的双手，她的手势，她脸上的每一寸肌肤，甚至她心灵的各个方面，而现在，这个女人变成了一个完全的陌生人。阿丝勒永远失去了这个朋友，她恨这样。纳兰已经成为了她生活中很大的一部分，但现在她的生活突然遭到了致命的打击，阿丝勒的一部分死去了。她希望自己从未发现过真相。她希望自己不必失去纳兰。她想原谅纳兰，但是她知道她不能这样，所以她并不示弱。被欺骗已经够糟糕了。她现在也得失去纳兰了吗？

"别太夸张。"纳兰没有看阿丝勒，"很早之前就发生了……"她双臂抱在胸前继续走着，好像这些事与她完全没有关系，"我并不为我做的事情感到自豪，但是事情已经发生了。"

但阿丝勒确信，纳兰肯定为自己感到自豪。她总是称赞自己做的事。从没人见过她为自己的所作所为感到自责或惭愧。她才不会那样。她总是喜欢美化自己的经历。当她和已婚男人偷情的时候，她称自己是爱情的战士；当她无缘无故冒犯别人的时候，她表现得好像自己是真理的代表，在完全诚实地宣告真相。她对生活及与其有关的方方面面都有一种冷酷的态度——这不是每个人都能轻易接受的。在这天晚上之前，阿丝勒一直把纳兰的这种特殊的态度理解成她自信的表现，但现在，她第一次觉得纳兰像个疯子。

阿丝勒空洞地看了她几眼，大笑起来，她响亮的笑声在寂静的夜里回响。看着纳兰和阿里·卡利姆迷惑的表情，她笑得更厉害了。她谁都没有了。没有母亲，父亲，亲戚，朋友……在这巨大的蓝色星球上，她孤身一人。她孤独得就像科尼亚平原上的村民偶尔看见并朝之扔石头的宇航员。几乎是本能地，她摸了摸鼓起的上衣口袋：她偷拿了纳兰的手机。这部手机可以让纳兰为自己所做的付出代价——至少她现在不能给哈桑的妻子发愚蠢的照片了。

"你还好吧？"阿里·卡利姆问。这个问题再一次证实了他智力的缺乏。

"当我爱的男人把我身边的人都睡了个遍的时候？"阿丝勒说。

"不是你身边的所有人，傻子。"纳兰哼了一声，"他是把朱莉德身边的人都睡了个遍。"

Chapter 26

　　两个小时之后，阿丝勒坐在黑暗的客厅里望着宁静的博斯普鲁斯海，想起了很久很久以前的一件事。她都不知道自己怎么会记得——这段回忆很模糊。在她九岁生日那天，父亲的一个朋友送了阿丝勒两只乌龟当做礼物。父亲不是很高兴，也许是因为他不太喜欢那个男人，但是阿丝勒欢喜得合不上嘴。

　　她打算给它们起名"绿苹果"和"飞机"，不过父亲觉得这名字太可笑，说："就叫它们斑斑和小褐吧。"就此结束了这个话题。这些都是猫的名字，但阿丝勒没法抗议。她母亲去世后第四十天的祈祷夜一结束，阿丝勒就在房间里和小乌龟玩耍。父亲怒冲冲地闯进房间。他把一张纸摔在她脸上，拿起乌龟就走。阿丝勒都没看一眼那张纸，她知道上面写的是什么。那是她藏在书包里的一张考卷，上面写着红红的"3分"。她害怕地跟着父亲去了厨房，看着他把乌龟放在台子上，从抽屉里拿出胡桃钳子，一个接一个地把可怜的小动物压烂了。它们的壳破裂的声音让人无法忍受。父亲转过身来盯着她，她紧闭着嘴，走回卧室，很快便睡着了。如果数学考试得的不是3分，这一切都不会发生。

这件事过去二十五年了，此刻她坐在白色沙发上为自己的两只小乌龟哭泣。它们那么快就被压碎了！父亲都没必要使劲——可怜的小东西那么轻而易举地成了碎片。其实稍微想想就知道，阿丝勒在生活中经历过更糟糕的事情。她记得母亲去世的那一天。她很悲伤么？也许是的。但是更让她难过的是她得和父亲单独生活在一起。很奇怪，她不太记得父亲的死了。她只记得朱莉德是如何出现并把自己带走的。后来，朱莉德也走了。阿丝勒和奥马尔分手了，生活发生了疯狂的转变，但是她从来没有像她的乌龟被杀死那天一样难过。

她站起来，点了一根烟，走回坐的地方。纳兰的手机在茶几上。她闭上眼，想象着奥马尔和纳兰做爱的画面。

为什么一个想象就能让你这么痛？和奥马尔出去吃饭是个
天大的错误。她不该把自己的生活逼到极限。在这天晚上
之前，她的生活好不容易朝着好的方向发展了，她也找到
了一个非常棒的新男友。为什么她非得自找麻烦？晚餐的
二十分钟时间，让她所有的努力都变成了徒劳。她的自信，
她对自己不再爱奥马尔的坚信，都烟消云散了。和他在一
起就像身处一座你最爱的城市：虽然你不在这里出生，但
你选择在这里生活和死去，觉得自己能在这里游荡。你拥
有最美丽的街道，城市里还有最可爱的商店和最明亮的灯
光。世上没有哪个地方的日落能像这里的那样使你沉醉。
阿丝勒觉得没有谁的目光能像奥马尔的一样能穿透自己。
她不顾一切地爱着他。当她注视他的脸时，她想要哭泣，
过了这么多年，她仍可以从当初停止的地方继续爱他。她
被诅咒了。

　　吃完晚饭临别时，她对奥马尔说，她再也不想看见他。
她知道，和他经常碰面会摧毁她抵抗的力量。奥马尔爱她，
一直都爱着。只需知道这一点，阿丝勒就有力量度过余生
了。她走出餐馆，向自己的车走去的时候，给泽琳发了一

条道歉的信息。她冤枉了泽琳——从一开始，就是纳兰把阿丝勒的消息透露给奥马尔。收到阿丝勒的信息，泽琳立刻回了电话。她很生气，指责阿丝勒和纳兰联合起来排斥自己。泽琳挂电话之前大声说："你一直觉得纳兰更重要，而我总是害群之马。我受够了……她是那个跟奥马尔上床的人，而我，是不受欢迎的人！"

Chapter 27

这天晚上，阿丝勒把纳兰的手机装在包里带回了家，直到天亮才睡着。人大概就是这样变成杀人犯的。如果能确保没人会发现，她会在隐蔽的角落里把纳兰和奥马尔都杀掉。她也可以雇一个杀手。她想象自己无情地下达命令："决不能让他们死得太痛快。我要折磨他们。流血要多，你还得把他们剁成碎块，这样他们就会从地球表面永远消失。"

她凝视着黑暗，幻想一颗大子弹射进纳兰的头颅，鲜血和脑浆一起喷射到墙上。她真后悔自己看到电影暴力场景的时候总会闭眼，这让她的想象力大打折扣。她继续幻想纳兰的葬礼。阿丝勒和泽琳会远离人群，站在辛塞尔利库尤公墓偏僻的角落里。她们的脸上将写满悲痛，但心里想的只是尽快摆脱头上包着的沉重的头巾。纳兰父母哭泣的时候，奥马尔来了。他意识不到即将降临的命运，一动不动地站在那里，盯着自己的鞋子。但是阿丝勒不愿想象他的死亡。她把所有的怨恨都转移到了纳兰身上，好像她是唯一的罪人。太不公平了……你不得不承受某个人在某个地方做了某件错事。你不得不为别人的错误付出代价，学着忍受痛苦，吸收痛苦，甚至在恰当的时候原谅那个人……她再次想象纳兰的脑袋被射爆的场景——这是阿丝勒最喜欢的场景。她心想，也许能想象纳兰双眼暴突的样子。

她暂停了一下，让自己荒诞的梦稍作休息，起身给自己倒了一杯威士忌。阿丝勒其实不喜欢威士忌，但现在它很符合她的心境：一杯烈酒给一个强硬的女人。她端着满满一杯酒再次躺在沙发上，伸手拿起纳兰的手机。

纳兰的速度真可谓惊天动地：她已经把阿里·卡利姆的照片加到了哈桑的照片里，好像三天前因为哈桑痛苦到几近崩溃的人不是她似的！接着，她又发现了别的东西：纳兰的通讯录里有奥马尔的号码。纳兰永远这么狡猾，给奥马尔的号码存了一个叫"塞姆拉"的女性名字。而且，过去十天里，这两个人聊过三次了。也许他们两个暗中交往已经很多年了……阿丝勒觉得身体里的器官膨胀得就要爆炸了。

整个一晚上，她任凭自己沉浸在幻想中。她想象纳兰和奥马尔做爱、吃饭、聊天、开阿丝勒的玩笑。她明白她在自我折磨，但是无论怎么努力，她都无法迫使自己的想法慢下来。直到清晨，她才从这皮影戏中挣脱开来。

稀里糊涂地睡了几个小时后，一种她起初没意识到从哪里发出的奇怪的声音把她吵醒了。她的心脏紧张得怦怦直跳，不过很快她就发现那是纳兰的手机在响。九点了，她上班已经迟到了。她看见屏幕上闪烁的字样，不知道要不要接：哈桑家打来的。犹豫了一会儿，或许因为无法抗拒挑起一场争端的欲望，她终于按下了绿键。她不知道自己该对哈桑说什么，但是一想到可能要说的，她就兴奋不已。

"喂？"

"纳兰，亲爱的。嗨！我是艾伊藤。"电话另一头一个温柔的女声说道。艾伊藤？阿丝勒想起来了：艾伊藤是哈桑的妻子。炒了纳兰的那个女人。纳兰可能动作更快，已经用别的什么方法给这个女人发了她丈夫的照片。

"艾伊藤女士，我是纳兰的朋友。她把手机丢在我这儿了……"阿丝勒可不想承受本该指向纳兰的恐吓。

那个女人说："噢！不好意思。我刚听说纳兰辞职了，对此我深感遗憾。我想打个电话给她，问问我可以帮上些什么。请您转告她我打过电话了，好吗？"

这个女人听起来确实很担忧。她要么就是太聪明了，要么就是压根不知道丈夫的外遇。一个巨大的笑容在阿丝勒的脸上若隐若现，既然她现在已经是独自一人了，她也没必要替别人隐瞒了。

"要不我把纳兰家里的电话号码给您吧？"阿丝勒说，"我相信听到您的声音她会很高兴的。"她保持着最友善的语调。假如那个女人在她身边，她会给那个女人一个拥抱。

挂了电话之后，她笑了很久。这个可怜的女人毫不知情。她对丈夫和纳兰的事情一无所知，也不是她炒了纳兰。事情的真相，是哈桑刻意巧妙老练地甩开了纳兰。阿丝勒沉浸在华丽的满足感中去冲澡。姗姗来迟的神圣的正义感使她心花怒放，舒缓温暖的水流抚慰着她的身体。

Chapter 28

　　阿丝勒以为自己会在两个月内升职，但是没有。这三年来她的所有成果，所有努力，都凭空消失了。别人游手好闲的时候，她在写报告。别人度假的时候，她整天分析竞争对手。而且，她是公司里最聪明的人，她的项目总是最棒的。漫长的三年就这样白费了，新的副总管不是阿丝勒，而是黛芙妮。黛芙妮——一个不合格的、懒散的、智力平庸的女人。黛芙妮，有足够常识知道不该朝着总经理大喊大叫，骂他蠢货……

　　第一个星期，阿丝勒束手无策。第二个星期，她发现自己的情况比她所想的还要麻烦。一开始，她发疯似的做了半年的项目因为一些荒唐的理由被取消了，后来她的年度计划也被一并忽视了。而且，美国的前辈们特意来参加的年度大会，她也没有获得邀请，虽然她是近年来此类会

议中最受青睐的职员。当她所有同事都参加了大会当晚的
盛大晚宴，而自己没有收到邀请的时候，阿丝勒确信，自
己的疑虑并非没有根据。很显然，阿里·卡利姆在极力让
外国高管以为阿丝勒没有用处，而且他使她和那些人保持
距离。更让阿丝勒惊讶的是阿里·卡利姆肆无忌惮的行为：
他不顾所有职业规则和惯例，向阿丝勒公然宣战。公司里
的每个人都很惊惶，不停地在角落里窃窃私语，但这些都
没有改变公司总经理的主意。

　　阿丝勒无法相信事情就这样发生了。阿里·卡利姆，一
个连自己的影子都害怕的尿包，怎么就变身成了战斗英雄?
她怀疑是纳兰在背后指使了一切。其实她已经确信了，但她
仍然不明白阿里·卡利姆怎么会这么容易受影响。他不是那
种会为女人而冒险的男人。他只对自己感兴趣，只关注自己。
他生命中的唯一愿望就是尽可能保住自己偶然得到的地位。

　　除了没能升职，她的生活挺积极向上的。艾伊藤女士
给纳兰打过电话之后，纳兰发现阿丝勒偷走了自己的手机，
简直气得口吐白沫了。她口水四溅地打了四五次电话给阿
丝勒，每一次她们俩都在对骂之后怒挂了电话。纳兰威胁她，

说要叫警察，让她的生活惨不忍睹，把她的头扯下来……这些天，泽琳被赋予了向阿丝勒通报纳兰情况的任务，并完美地履行了自己的职责。阿丝勒发现，在哈桑的妻子给纳兰打过电话之后，纳兰就崩溃了，好多天都一蹶不振，有一天，她几乎失去了理智，突然闯进了哈桑的办公室。哈桑对她很粗暴，说自己就是要抛弃她，因为他厌烦了她的要求。"你不明白吗？"他说，"都结束了！"纳兰打了他，把他的脸全都抓破了。纳兰！那个看起来永远冷酷矜持的女人……

阿丝勒和希南的关系小心翼翼地发展着。他们仔细地保持着两个人之间的距离。每一段关系都有自己独特的规则，他们的规则包括不问过于隐私的问题，避免破坏彼此生活的完整。他们的关系和阿丝勒与奥马尔的完全不同。首先，他们交流的方式更柔软温和：他们不会说子弹般伤人的话，不让自己伤害对方。他们很自制：事先不打电话就不会去对方家里，就算真的想念对方，也不会突然打电话说"我想你了"。不过，每个星期他们至少有三天晚上在一起。谁也不知道是谁想要这样……只有一次，阿丝勒问希南为什么离婚。"如果你反感这个问题，就别回答……

你为什么和妻子离婚？是因为你不爱了么？"她羞怯地说。刚经历了一次美妙绝伦的性爱，他们相拥着躺在一起。

"她不爱了。"

他们不像钟表嘀嗒那样紧随对方不放，但他们喜欢一起做饭、看电影、在酒吧待到深夜。平生第一次，阿丝勒感受到了稳定关系的意义：生活是可以分享的。她和奥马尔没有分享过彼此的生活，只从对方那里偷得了片刻。他们从没有手牵手出去过，也从没在酒吧里亲吻过。他们最幸福的时刻总是被达雅的一通电话破坏。在奥马尔之后，阿丝勒不同任何进入自己生活的男人分享太多。他们全都或多或少地惹阿丝勒生气。有些人，阿丝勒连一顿饭的时间都难以忍受。那些她可以忍受的人，在晚上剩余的时间里又变得讨人厌。即使是那些做朋友时很有趣的男人，在变成情人之后，也会惹恼她——比如发不好某个单词的读音。但现在，一切都像电影一样。她拥有一个吐字清晰准确、会替她换轮胎、在她生病时给她量体温、抱着她一起安然入睡、周末能一起吃六个小时早餐的爱人。

而她一点也没有奥马尔的消息。

Chapter 29

　　泽琳突然到阿丝勒家来了。半个小时多一点的工夫，她就喝掉了一整瓶红葡萄酒，喝得比放到最长线的风筝还高了。阿丝勒对泽琳的离开失去了希望，便决定屈从于命运的安排。但泽琳喝醉之后就是个话匣子，阿丝勒发现顺从命运实在太难了。泽琳在清醒的时候也不是什么仪态大方的人，但是一旦喝多了，她就变成了不能放在人群里的危险人物。阿丝勒感谢上帝这是在家里。波莉安娜[1]说得对：只要你足够努力，你总会发现一些值得高兴的事情。

　　"我们，"泽琳用低沉的声音说，"我是说，所有漂亮、时髦、优秀的女人，都缺男人。身边没什么好男人。他们全都自以为是……我们跟谁都不约会。再也没有约会

---

1. 美国畅销图书《波莉安娜》的主人公，一个失去双亲但乐观积极的小女孩。

或者相亲相爱这种事情了！你跟一个人出去两天，然后所有人都跟他一样了。你都没法跟一个男人好好地说话，因为他的手机总是各种短信提示……我敢说机制调整对我们的打击都比不上手机！瞧瞧你。我就不明白你怎么能找到那么多不错的男人。"

"谁要是听你这么说，会以为我的生活很幸福。"阿丝勒说，"这是我人生中第一次遇到了好男人，但是我可能会失去他，因为我已经被魔鬼盯上了。谢谢你！"在泽琳喝醉的时候引起争吵不是什么好主意。你得对她说的一切都表示赞同，然后再忘掉。

"得了！怎么会是第一次！"泽琳说，"你要是把你迄今为止莫名其妙甩掉的所有男人集合起来，都可以给二十个倒霉女人充充电，让她们快活快活了。"

"别开玩笑啦……"

"就是这样。那些男人是上帝赐的祝福。你要是不想要他们，就别毁他们。"

"我应该怎么处理他们呢？"阿丝勒反驳道，"我应该怀着感激之情接受他们？"她放声大笑。

"别问我。不过，别在你的新男人身上挑毛病了。上帝会不高兴的！你又讨厌，脾气又坏。我就不知道他们看中你什么了！"

"别担心。"阿丝勒说，"反正很快我就要被炒鱿鱼了。我可受不了同时丢了爱人！"

泽琳猛地跳起来，激动地走了几步又站住了。如果不熟悉她的人看到她，估计会以为她正要发布第三次世界大战的消息。

"我的老天爷！我忘记告诉你了。"她用拳头砸着脑袋说道，"你刚提到了你的工作，我才想起来。"

"什么事？"阿丝勒问。她突然紧张起来。她怕泽琳会说一些跟纳兰和奥马尔有关的事情。阿丝勒不愿意听到任何关于他们的事。她永远也不愿意。

"阿里·卡利姆跟他老婆闹翻了。"

阿丝勒深深地呼出一口气，被自己的肺活量惊到了。"这又怎么了？"她说，"反正他们要离婚了。"在小题大做这方面，谁也比不过泽琳。你做爱得到的快感都不如她从八卦得到的多。只要有一点消息，尤其是和某个人的不幸遭遇挂钩的消息，她就会变成世上最开心的人。她与传言的受害者越亲近，她就越满足。

"我知道他们要离婚。不止这些。现在他们因为钱的事情在互相斗。纳兰前两天告诉我的。他老婆想要一大笔钱，阿里·卡利姆说他永远不会给她钱，因为是他老婆要离婚的。"

"是吗……"阿丝勒说。她站起来，走向窗口。就在她凝望着博斯普鲁斯的景色时，一个神秘的、暗示着危险预兆的微笑，浮现在她的脸上。

人生总有太多如果……

如果数学考试得的不是 3 分，小乌龟就不会死。

如果没有赴约，就永远都不用知道，

朋友与情人背叛自己的事实。

终于，在这巨大的蓝色星球上，我成了孤身一人。

Chapter 30

　　会议总算结束了。不知为何，越不必要的会议总是开得越久。来吧，让我们一起胡说八道，说些空话，问些没法回答的问题，找找不存在的答案！人把太多时间用来无所事事了……

　　阿丝勒把写了无数遍"我无聊到死了"的记事本塞进包里，冲了出去。阿里·卡利姆的终极手段就是尽可能让阿丝勒远离公司。他不断地编造理由让阿丝勒去城里最远的地方参加无关紧要的会议。这次又是如此，阿丝勒不知道自己为什么要参加这个会议。假如销售部的人代替她来开会，会更合适。

　　她需要有奇迹才能不堵车就离开巴吉拉区[1]。她一定要这样：这是她此刻唯一的愿望。她像一只踩在烫砖上的

―――――――――――――――――
1. 伊斯坦布尔的一个工人聚集区。

猫一样急匆匆钻进车里，这时她的手机响起了调侃般的欢
快铃声。她无精打采地接起电话，一点也没打算表现出礼
貌。

"喂？"

"我猜我的电话来得不是时候。"是奥马尔。

"是的。的确，我已经准备好要在巴吉拉迷路了。"
阿丝勒说道。她听起来比设想的还要尖锐。

"好吧。我一会儿再打给你。"

"永远别打了，你觉得呢？你实在让我太恶心了，每
次听到你的声音我都想吐！"

阿丝勒继续说道："我知道你和纳兰上过床了，你这
个烂人！"手机的唯一缺点在于你失去了挂掉对方电话的
乐趣，而用普通电话的时候，你至少可以稍微报复一下，
把话筒摔得要多狠有多狠。她把手机关掉，扔到座位上。
让他见鬼去吧，她心想。如果今天她没这么暴躁，大概就
不会说出这些话了，不过她很高兴自己说出来了。她已经
受够了抑制自己的感情，遮遮掩掩。她厌倦了秘密，厌倦
了问不出的问题、得不到的答案、讳莫如深的想法，也厌

倦了发现一切都和表象不一样。

　　她回到家的时候已筋疲力尽。她想一直睡到希南过来。他们本打算叫一些吃的，看一场好电影。她脱掉衣服爬上床，打破了个人纪录，用最快的速度睡着了。她梦见自己在一个阳光明媚的日子里，畅游于清澈无比的大海。海水如此澄澈，她甚至可以看清沙子中螃蟹的窝和细小的白色幼蟹。她游到最近的木码头，爬上去，在一个晒日光浴的男人旁边躺下来，往身上泼咸咸的海水。她把潮湿的手放在陈旧的木板上，感受着那布满木刺的粗糙质感。然后，男人抱住了她。他的身体在阳光下很温暖。阿丝勒把头靠在他宽阔的肩膀上，说："我想你了。"这个男人是奥马尔。

　　门铃肯定响了有好一会儿了。她对此确信无疑，因为在梦里，海岸边的一辆汽车一直在摁喇叭。她醒过来跳下床。她找不到什么衣服可以立马穿上，便把床单裹在身上，跑向大门。梦里的情境依然影响着她，她感受着几乎已经忘却的幸福……她打开门，立刻躲在门后，等希南进来。

　　"嗨！我喜欢你这身。"希南说。

阿丝勒挤出微笑，掩盖自己愈加强烈的沮丧。醒来后每一分钟都让她更加失落，而她恨自己居然还会梦见奥马尔。她任床单滑下来，赤身裸体地站在昏暗的玄关。奥马尔告诉她，他和别人结了婚，因为他爱她。现在，她要和希南做爱，因为她爱奥马尔。也许陷入爱情的人会不择手段扑灭爱的痛苦：这暴风雨来得太快太猛，你无处可藏。你永远不会知道一个和你做爱的人正在跟谁进行战斗。你永远都猜不到，当他亲吻你的时候，他想杀掉谁，或者当他爱着你的时候，他在恨着谁。

阿丝勒捧着希南的脸，轻轻地将他拉近，带着纯粹的激情亲吻他。就像她过去吻奥马尔一样……她用手指探寻着希南的脸，抚摸他的眼睛和脸颊，就像她爱抚奥马尔一样。她把希南拉到胸前，躲进他的怀抱里，沉默地与他做爱。

Chapter 31

　　"我想抽烟。"

　　"别。"

　　希南抱了抱她，在她脸上亲了一下。但是阿丝勒必须抽烟。她急需一根烟。

　　"刚才感觉太美了。"希南说。

　　"是啊。"

　　"我爱你。"这是第一次……第一次，他告诉阿丝勒他爱她。

　　"因为我们在床上太和谐了。"阿丝勒说。她不愿意现在和希南交流感情。

　　"不对。我觉得是因为我们爱着彼此才会有这么美妙的性爱。"看来希南已经觉得阿丝勒也爱着自己。

　　她爱他么？她还没有时间深思这个问题，但也许她已经思考过了。至少，她喜欢希南，觉得他有魅力，假如奥马尔没有像瘟疫一样再次感染她的生活，她肯定会更加爱希南。总的来说，希南和她很合适。

电话响了起来。阿丝勒为摆脱了这场对话而感到如释重负，点了一根烟，拿起了话筒。

"要么你下来，要么我上去！"奥马尔听起来很冒火。

"现在不方便。"阿丝勒说，"我有客人。"她用一种略带嘲讽的语气说了"客人"这个词。

"好。那我上去了。"

"你别上来。"

"那就下来。现在！"

"等着。见鬼！"阿丝勒摔下电话。她大声咒骂着，熄灭了只抽了两口的烟。

她走回卧室的时候，看见希南坐在床上盯着她。"那是谁？"他问。

"奥马尔。跟你说过的。我姨妈的旧情人。他又发疯了。他一定要立刻见我。"她猛地从壁橱里扯出一条牛仔裤和一件套头衫。

　　"这有什么用？"希南问，"你姨妈已经死了很多年了。这家伙为什么还缠着你？"

　　"因为他脑子有病。总之他在接受治疗。但是有时候还是犯病。我们也无能为力。我十分钟就回来，好吗？"

　　"你之前没跟我说过他有病。要不要我跟你一起下去？万一他想伤害你呢？"

　　"别，别！他一点也不伤人。他只会在我肩膀上哭一会儿，然后就走了。不用担心。"

　　外面在下雪，空气冷飕飕的。虽然穿着羽绒服，阿丝勒还是感到冰冷刺骨。她下了楼，四处张望，但没看见有人在公寓楼前。接着她看见远处停着一辆车，闪着灯：一辆黑色的宝马745……她双手抱在胸前，哆哆嗦嗦地走过去。

　　车里很暖和，温热的皮座真是让人愉悦。但是奥马尔突然发动车子，这种愉悦立马消失了。

　　"停！"阿丝勒愤怒地喊道，"我不想大晚上的跟你开车兜风。我跟你说过我有伴儿了。"

　　"让你的伙伴见鬼去吧！还有，那家伙是谁？"

　　"不关你的事。你以为自己是谁，来问我这个？你以为过了这么多年你可以出现在我生活中，叫我跟你汇报？把车停下，你这个变态！"

　　他们已经驶上了海滨公路，车子快得跟疯了一样。阿丝勒觉得自己就要气晕了。这家伙以为自己是谁？！他居然敢绑架自己——是的，这只能叫做绑架——大晚上的，还质问她！

　　"他是我的恋人，行了吗？"她高声吼道，"我一个小时之前才见过他，还跟他睡了。我还没洗澡。我身上还沾着他的体液！你还有什么想知道的？"

　　他们就快到伊斯廷耶[1]了。他们开到靠近海岸一侧的停车带时，奥马尔突然踩下了刹车，用手捂住了阿丝勒的嘴。

　　"你再说一个字，我就杀了你！"

　　"我的天，你会杀了我！来啊，你试试！"阿丝勒开始用全身力量打奥马尔。

　　她想，自己终于疯了。管他呢！他们该把她塞进和平

1.伊斯坦布尔的一个社区，与欧洲相邻。

精神病医院!

她越打他，就越想继续打。她似乎不会主动停下了。奥马尔意识到这点，终于决定让她停下来。他抓住她的手，压在她身上，让她动弹不得。

"滚开，混蛋！"阿丝勒尖叫。

"请你冷静冷静行吗？"

"不，不行。"

"我跟纳兰……就一次。好多年前了。我想让你明白，那对我来说没有任何意义。"

"噢，你肯定无法相信我是有多释然。"阿丝勒哼了一声，"放开我！"

奥马尔犹豫着，怕阿丝勒还会打他。他小心翼翼地松开她的手，靠回自己的座位。他们俩缩回各自的角落，盯着窗外。

"那时候我做了很多对我毫无意义的事情。"他说。

"比如，喜欢我。"阿丝勒嘘他，"我除了是朱莉德的侄女，对你来说还有什么意义？你是个变态。就是这样！"阿丝勒意识到自己声音很大，但她不在乎。她只是不知道自己怎么变成了这样大喊大叫的女人。她怎么变得如此歇斯底里了？她再也认不出自己了。

"你怎么会这么想？"奥马尔惊讶得瞪大了双眼，"看在上帝的分上，朱莉德和这一切有什么关系？"

"纳兰就是这么想的。"阿丝勒说，"她说，你把朱莉德周围的人都睡了个遍，所以你才会跟我偷情。"

"你相信那个弱智女人？"奥马尔用手抱住头，"你难道不明白她说这些话只是为了伤害你么？说真的，那个贱人和我睡觉是因为我是你的旧情人。"

"随她怎么说吧。她确实伤害到我了。事实上，是你们俩伤害了我。"她祈祷了很多天，希望奥马尔打电话给自己，说纳兰的话是假的。她从心底盼望听到他这样说。

"现在送我回家吧。"阿丝勒突然觉得虚脱了。她唯一想要的就是躺在床上，盖上被子，能睡几天是几天。让他们所有人都下地狱吧。下十八层地狱……

奥马尔什么都没再说便启动了引擎。回家的路上，阿丝勒一直望着窗外。她并不知道自己看见了什么，她只是怔怔地盯着外面。就连从车里出来后扑面而来的难以忍受的严寒也没有唤起她的意识。

Chapter 32

房间里一片沉寂。她悄悄地把钥匙放在桌上，踮着脚尖走进卧室。希南睡着了。她如释重负地长呼一口气，脱掉衣服，钻进被窝。她的眼皮几乎立刻变沉了，但是划着心脏的碎玻璃使她无法入睡。她不知道自己为何要经受这么多折磨。她的旧情人最后和她最好的朋友上了床。这又怎么了？别人还有更真实更严重的问题：有的人失去了自己的孩子，还有的人亲眼看着所爱之人在医院病床上痛苦地死去。除非她得知自己一个星期之后就要死了，她才有资格变成现在这样。她太傻了。

她睡到一半醒过来时，周围漆黑一片。当眼睛习惯了黑暗后，她翻身转向希南，他们俩四目相对了。

"你不是在睡觉么？"她问。

"我在看你……"

阿丝勒抱住希南。她需要人的体温。

"我在想……"希南接着说，"我一定要和这个漂亮的姑娘一起去巴黎。"

"我喜欢巴黎。"阿丝勒咯咯笑起来。

"要不我们两周后的星期三出发，星期一再回来？你能请假么？"

"我一共攒了四十五天年假呢。我要是想的话，甚至可以周游世界。"

"太棒了！对了，我没听见你回来。那个疯子想干吗？"

"没什么。别管他了。"阿丝勒说，"他已经烦我太多了。我们继续说巴黎。"

"我们星期三出发，在巴黎待三天。我有两个好朋友住在那儿，埃尔汗和艾斯拉。你会喜欢他们的。你要是愿意，我们还可以跟他们去诺曼底玩两天。"

"城堡，上等葡萄酒，还有好多好多鹅肝……啊！"

"你要是不想和他们一起去，那我们自己去。"

"别。我喜欢认识新朋友。"

他们相拥着，再次陷入深深的睡梦中。

Chapter 33

　　"阿丝勒小姐，阿里·卡利姆先生在办公室等您。很重要的事。"

　　"好，我马上就来。"

　　阿丝勒慢慢地补了妆，站起来。等候已久的时刻终于来了。阿里·卡利姆和她之间寒冷的沉默即将在几分钟之后打破。她走出房间，微笑着，望着秘书曾经坐着的空空的桌子：她已经两个星期没有秘书了，这自然是阿里·卡利姆的指示。他们跟阿丝勒说，这个安排只是暂时的，但她明白，其实是永久的。

　　她粗暴地敲了敲阿里·卡利姆的门，没等回答就闯了进去。锤头鲨把腿伸到了桌子上，还保持着这个姿势。阿丝勒怀疑他是从哪部电影里看到了这个姿势，并记在了脑子里以便模仿。

　　"你这个恶心的贱人！"阿里·卡利姆说，"我不会让你躲过这件事的。"

　　"不好意思，你说什么？"

　　"别装傻了。我知道你把我和纳兰的照片发给我老婆了。"

　　"没有。"阿丝勒微笑着说，"我没有。"其实，她发了。不等他开口，她就舒舒服服地坐了下来。然后她把她的手机放在了阿里·卡利姆的桌子上。

　　"你给我惹了大麻烦。我老婆把全家都弄得鸡飞狗跳，而且，就因为你，她成了受冤的女人，有正当理由提出离婚了。我女儿看都不看我。我父母觉得我下流。他们不停地告诉我，我必须满足我老婆想要的一切。"

　　"噢，真是遗憾。"阿丝勒笑了。

　　"我也很遗憾，我要解雇你了。"

　　"其实你几个月之前就想解雇我了。"阿丝勒答道，"真正的原因就是你和纳兰的关系。她让你针对我，因为她恨我。我不敢相信，我因为这么可笑的原因被炒了。我是你手底下最优秀的员工。两个月前你自己也这么说。"

"我亲爱的阿丝勒，我真的不在乎。我已经让那些美国经理相信你对公司没用处了。"

"我不觉得他们会买账。"

"那你就继续觉得吧。我没你以为的那么傻。不好意思，我是说蠢。你觉得我是个蠢货，对吗？现在你得明白。事实上，他们都以为是黛芙妮在开展那些项目，不是你。"阿里·卡利姆背靠着椅子，丑陋的脸上挂着自以为是的表情。阿丝勒把双手放在膝盖上——它们正因愤怒而颤抖。

"你清楚我工作有多努力。"阿丝勒抗议，"我的工作就是我的生命……"

"你应该早点想到。你得相信，毁掉你的生活是我最大的乐趣。"

阿丝勒站起来说道："是我的乐趣！"她从他桌上拿起手机，斜了他一眼。"你知道，现在的手机很先进，都有录音功能。"她走向门口，在离开之前，转身补充了一句："别把眼睛睁那么大！你看起来更蠢了！"

她关上门后，房间里便一阵混乱。锤头鲨大概在踢他能碰到的所有东西。

阿丝勒对慌慌张张从座位上跳起来的阿里·卡利姆的秘书莞尔一笑，说："他今天真的很紧张。"

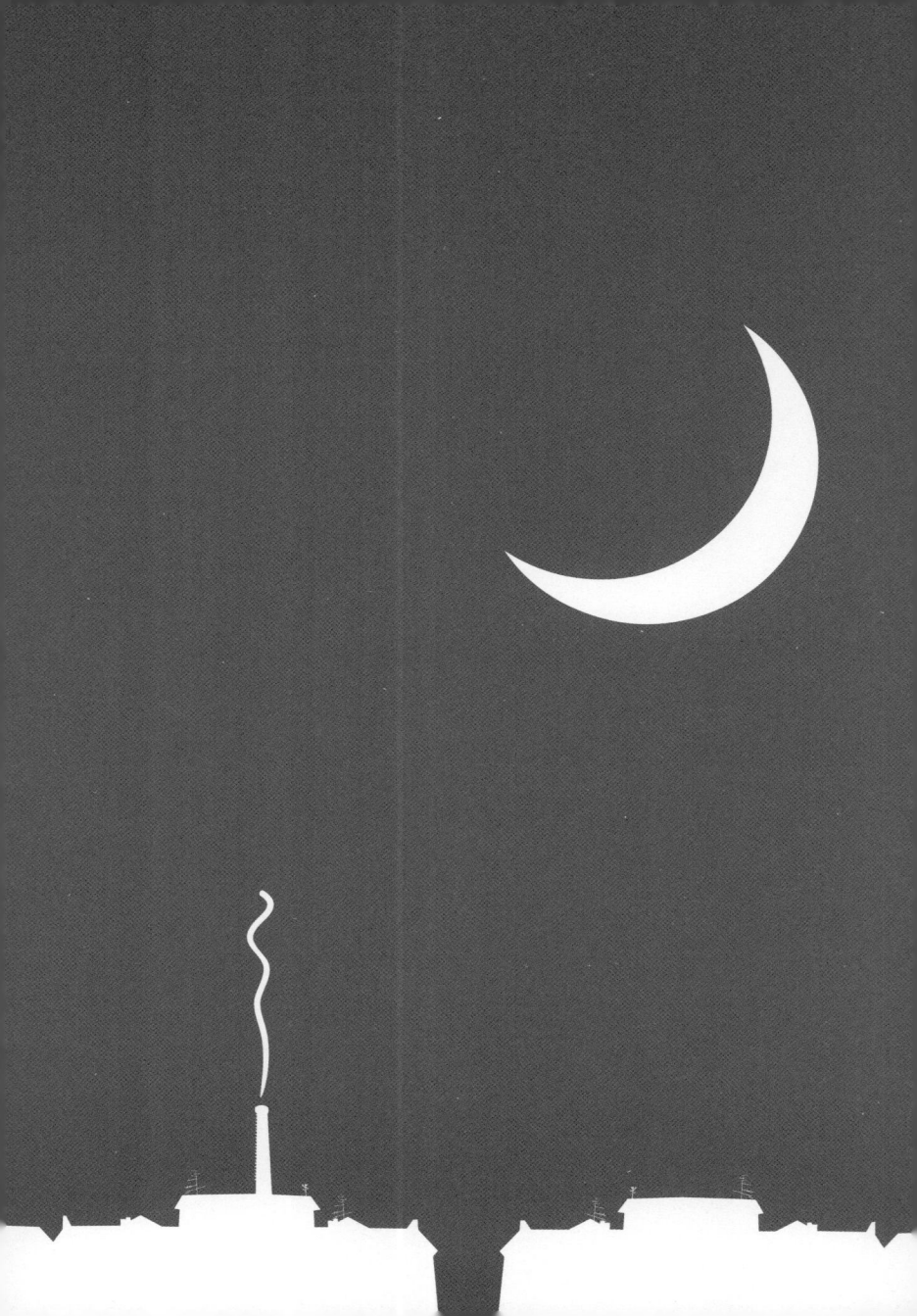

治疗一个控制不住自己眼睛的男人的办法，
　就是给他一个控制不住自己眼睛的女人。

Chapter 34

她告诉自己，必须打起精神来。她正和男朋友去巴黎。
她会吃美食，喝葡萄酒，认识新朋友，没准会去诺曼底。
她凝视着飞机舷窗外的云朵，试图在心里列出她生活中所
有美好的事物。她的工作还在，阿里·卡利姆再也无法解
雇她了。他敢！她只是吓唬了一下锤头鲨，他就缴械投降
了。就算阿丝勒的手机真的有录音功能，她也没那么高的
水平会用。

她继续列表。她健康、美丽、聪慧。她不必担心打扰
任何亲戚。她可以随心所欲地生活。总而言之，她很幸运。
假如她能让自己不再为奥马尔伤心，那她的生命里没实现
的东西也不剩多少了。她会满足于平静安详的生活，她也
不需要夸张的幸福来享受生活。

"你心里在想什么呢？"希南轻声问。

"我想，我有一个美好的人生。"

"真的美好吗？"

"是的。如果我没自找烦恼的话，还会更美好。"

"那就别烦恼！"

"我能怎么办呢？我就是这样。"

希南亲了一下阿丝勒的鼻子。他从口袋里掏出一个小盒子。"我给你准备了一个礼物。"他说，"看看喜不喜欢。"

"这种情况我总会觉得不好意思。"阿丝勒说，"看！我已经脸红了。"她拆着礼物，脸一直红到了耳根。

是一条精美的项链：细长的棕色皮绳上装饰着细小的金色丁香。阿丝勒先是看了看这条项链，然后困惑地望着希南。这是什么意思？

"怎么了？你干吗这么看着我？之前没人向你求过婚吗？"

"你是在求婚吗？"

"是啊。你能别这么看着我么，好像我做了什么可怕的事一样。"希南轻声笑着。

"不！不是那个意思。我只是没有想到……"

"那现在该想想了。"希南说，"来。戴上它。像这样把它绕在脖子上。"

阿丝勒把项链挂在脖子上，一个字也说不出来。它真漂亮……

希南凑过来亲吻她脖子的时候，她颤抖了。"它挂在你美丽的脖子上很好看。"他说。阿丝勒咯咯笑着，试图从他的怀抱中挣脱出来，但这一次，希南紧紧抱着她，吻着她的双唇，丝毫没有注意有几个乘客正用责备的眼神看着他们——这样公然的亲昵举动总会引人侧目。

"我想和你没日没夜地做爱。"希南说。

"你会厌烦的……"

"我想要厌烦你。"

"不出两年，你就会开始发火。"

"我想要你惹我发火，因为我爱你。"

"婚姻会杀死爱情的。"

"随它去吧……爱情就是个沉重的负担，必须被杀死，婚姻就是最好的方法。让我结婚，得到拯救吧……"

"傻瓜！"阿丝勒说着，无法把奥马尔从脑海中赶出去。

"没错。"希南说。

"你看，我们没法达成共识。"阿丝勒笑着说。她之前没留意，希南已经对自己孕育了如此强烈的感情。

"好吧。"希南说，"谈这个还太早了。"他并不生气。他拉起阿丝勒的手，靠近她，说："我们可以落地之后再谈。"他们放声大笑，几个乘客再次恼怒地瞪着他们。

注视着他额前的几缕头发和他孩子般淘气的脸，阿丝勒感到很抱歉。他多可爱啊！她觉得他值得有个更好的人。而阿丝勒从早到晚想的都是奥马尔。即使在她和希南做爱的时候，奥马尔也占据着她的心，激起她的无限痛苦。她怎么能嫁给希南。

她伸开手脚躺在座位上，假装看杂志，膝盖顶到了前面座椅的靠背。除了奥马尔，她碰到过很多优秀的男人。她从没喜欢过无业游民或傲慢的纨绔子弟。那些男人没有虐待或伤害过她。就在她觉得上帝大概已经受够了她无休无止的愿望——虽然他给她送去了很多好男人，她还是想着奥马尔——她发现希南正盯着坐在旁边过道的一个年轻女人的长腿。他目不转睛地看着她……阿丝勒默不作声，假装睡觉。在奥马尔再次闯入她的生活之后，她又开始被嫉妒所困扰。

大约十分钟后，那个年轻女人站起来，沿着过道走向洗手间。她二十岁出头，穿着毫不时尚的紧身迷你裙。希南情不自禁地盯着她的屁股。是的，好吧，她确实漂亮，但还没漂亮到能够吸引一个人这么久的注意力。

阿丝勒心想，也许希南不值得拥有比她更好的人。大家的内心相差无几。善良自然是善良，但同样的善良也会变成邪恶。人与人的区别仅在于善良和邪恶的比例不同。假如一个人能杀人，那每个人都可以。假如一个人能撒谎，那每个人都会是撒谎者。假如一个人偷情，每个人也都可以……说到底，每个人都有所有特质的萌芽，然而是环境和命运决定得到灌溉的是善良还是邪恶的种子。任何一个人的罪恶都是每个人的罪恶。

突然间，结婚似乎不再是个糟糕的主意了。她曾在一本书里看过，调查研究表明，夫妻俩了解彼此的程度最多能达到百分之五十。结婚与否，在一起三个月还是四十年，都没有区别。无论你做什么，你只能了解你伴侣的一半，而另一半会永远留在黑暗中。阿丝勒知道自己的黑暗面，但她永远不会知道希南那黑暗的一半。所以，谁配不上谁这个问题的答案注定永远都会模糊不清。

穿迷你裙的年轻女人从洗手间回来了，她坐下来，与希南四目相对的时间有些久得过分。二十分钟之前他向我求了婚，现在却在和别人调情，阿丝勒心想。所以他值得拥有阿丝勒！

为什么不嫁给他？如果婚姻不适合，他们还可以离婚。问题总会带着解决办法一起来。如果她心意已决，她就可以去买新玻璃杯、银器、锅碗瓢盆、桌布和家具，让自己高兴高兴。也许，一旦转移了注意力，她就会停止对奥马尔的惦念。她知道，随着时间的流逝，玻璃杯会打碎，银器会丢失，平底锅会刮花，桌布会弄脏，所有的新东西都会变得破旧。希南会不再那么有趣，阿丝勒将不再笑得那么经常。她第一次梦想自己有一个孩子：一个小小的、粉嘟嘟的婴儿……如果什么都无法让她感到安慰，孩子会。虽然她的常识告诉她不要胡思乱想，但她充耳不闻。常识不会治愈你的伤口，也不会修补你破碎的心。

　　她轻轻拍了拍希南的肩膀，说："我们结婚吧！"

Chapter 35

机场乱哄哄的。阿丝勒等着他们的行李，希南则跑到一个偏僻的角落里，希望那里可以安静点，然后打了电话给母亲通报喜讯。

阿丝勒一想到将来他们会越来越熟悉，便感到不安。穿迷你裙的女人在传送带的另一头嚼着口香糖。不知怎的，她的 Hello Kitty 包让阿丝勒觉得心烦，虽然她平时对 Hello Kitty 并不反感。这时候，希南来了。

"她很高兴。"他说，"她都等不及要见你了。"

"嗯。"

希南又一次目不转睛地盯着 Hello Kitty 女孩。作为还击，阿丝勒向离他们站得稍远的一个男人抛了个媚眼，而且立刻得到了回应。他有一种艺术家的气质，看起来四十岁出头。他对阿丝勒微笑，她也回了一个微笑。过了好一会儿希南才察觉到正在发生的一切——他是个男人！

"你怎么不光明正大地跟他调情呢？"他生气地说。

"什么？"

"我看见你们是怎么眉来眼去的了。"

"真的么？我们已经在遭受嫉妒的折磨了么？"阿丝勒亲了他一下。

希南再也没有看穿迷你裙的年轻女子一眼。事实上，他已经把她抛到脑后了。现在他把所有注意力都用来观察阿丝勒和那个艺术家模样的男人会不会相互勾搭。他偷偷地观察着——尽可能秘密地——看阿丝勒会不会又望向那个男人。做一些你不想让别人对你做的事情显然有很多好处，而治疗一个控制不住自己眼睛的男人的办法就是给他一个控制不住自己眼睛的女人。每一段关系最终都是角色分配，分配各自角色的时候得放聪明些。阿丝勒知道善良并非交往当中受人喜爱的特点，如果她选择现在就扮演一个妒妇，那未来那么多年她将一直扮演。所以，她选择做一个被自己的男人所猜忌的女人，为了强调这种选择，她确保希南会看见自己和那个陌生男人再次眉目传情。自这天起，无论他们什么时候一起出去，希南都会忙着追踪阿丝勒的目光，而不是盯着别的女人的屁股。

Chapter 36

　　出发去诺曼底的那天早晨，阿丝勒一起来就去浴室洗了个澡。希南的朋友很快就过来了，他们在酒店一起吃完早餐便动身。她只有半个小时的时间收拾行李然后下楼。她和希南前两天在这座城市玩得太猛，现在都精疲力竭了。虽然她醒得很早，但爬不起来。她匆匆忙忙地擦干头发，心想这次旅行对她来说是有好处的。她睡得像个死人一样，想奥马尔的时候越来越少，并且享受着美食。甚至一想到要回伊斯坦布尔，她就觉得窒息。她希望能在巴黎待久一些。

　　她把东西塞进旅行箱的时候，发现希南在看着自己。也许他在想，娶一个完全不懂收拾行李的女人是个错误。他是对的……阿丝勒在持家方面确实很差劲。不是因为她不整洁不干净——事实上，她可以算是相当井井有条的了。

但她是那种为了不需要打扫而不会把家里弄乱的人。简而言之，她是个懒人。她宁愿晚饭只吃一个苹果，也不愿弄脏厨房。她不喜欢客人，因为她既不喜欢准备食物也不喜欢倒烟灰缸。她独身一人什么都好，但她婚后如何操持家务是个谜。她要怎么对付一个喜欢请客、到处扔衣服袜子，最重要的是，每天早上指望桌上有热乎乎的食物的男人？阿丝勒甚至不愿想象吃早餐的场景——她已经习惯了起床之后十分钟准备完毕、脸上带着枕头印从家里出门。

也许她露出了不愉快的表情而不自知，因为希南问她："怎么了？你不舒服吗？"

"我讨厌客人和家务。我怎么能结婚呢？我晚上回到家的时候，早上留在冰箱里的奶酪就会找不着了，因为你会把它吃了。你会打碎玻璃杯，刮花平底锅。"

"你疯啦？"希南笑了，"别担心。我不会吃你那恐怖的奶酪的。"

"别笑了，行吗？我不高兴。这不好玩。"

"我怎么能不笑呢？看你都担心些什么。平底锅，玻璃杯……这些是问题么？"

"对我来说是的。"

"你换位思考一下：我就要娶一个疯子了！"

阿丝勒把手边的枕头扔向希南，笑着喊道："快点！"手机铃声不知在哪里响了起来。阿丝勒慌慌张张地把床单掀起来，去了两次洗手间，但是没找着手机。终于，希南发现手机就在昨晚堆在椅子上的衣服下面，他把手机递给阿丝勒，手机还在响着。她看见屏幕上奥马尔的号码，一点也不惊讶。她已经感觉到，是他如此固执地给她打电话。

"嗨！"她的声音听起来心情不错。

"嗨。"奥马尔冷冰冰地答道，"我一直在想着你。你的车停在那里很多天一动未动。"

阿丝勒感到身体里生起一股令人愉悦的温暖。他伤害了她那么多，如今她不会再为他难过了。奥马尔越是痛苦，她的苦恼就越少。

"我在巴黎。"她轻声笑着，"我有一些重大的消息要告诉你。我要结婚了！"就算是为了告诉奥马尔，她也要结婚。

在一阵严肃的沉默之后，奥马尔说："恭喜你。"然后挂了电话。

"太谢谢你了。回头见。"阿丝勒对着拨号音说道，送出了一个希南式的微笑。

他们下楼到大堂的时候，埃尔汗和艾斯拉已经来了。艾斯拉身材娇小，有着深色的头发和白皮肤，大眼睛透着热情。阿丝勒第一眼见了就喜欢她。而埃尔汗，是个矮矮胖胖的秃顶男人，但是看起来很帅气。希南把阿丝勒介绍给他们，埃尔汗认真地看了阿丝勒几秒钟。

这两个人都很热情友好，阿丝勒觉得他们是完美的度假伴侣。

"你们去哪了？我们都饿了！"埃尔汗说。他们一起走到早餐厅，装满盘子，坐定在桌旁时，阿丝勒开始有些烦埃尔汗的注视了。他为什么一直盯着她？

当阿丝勒终于把注意力集中到艾斯拉对诺曼底的讨论上时，埃尔汗问道："阿丝勒，你不记得我了，对吧？"

"不记得了！"阿丝勒表示道歉。她真的不记得他了。她再次仔细看了看埃尔汗的脸，但无济于事。

"很久之前了……"埃尔汗说，"不过那时候我还有头发……"

"真的很抱歉，但我不记得了。我在这方面一向很迟钝。"

"没关系。"埃尔汗说，"我是杰姆的朋友。我们晚上一起出来玩过几次。"

愣了几秒之后，阿丝勒记起了埃尔汗。杰姆的朋友埃尔汗。换句话说，是刺猬先生的朋友……她怔住了。

"嗯。我现在想起来了。"

"哪个杰姆？"希南问。

"做塑料那行的那个家伙。你认识他的。艾斯拉生日那天，他到我们船上来了。"

"我知道了。那个很俊俏的家伙。"希南说，"那个差点娶了给他戴绿帽子的贱人的家伙。我记得那天他说的故事。而且，那个第三者其实还是那个姑娘的妈妈还是什么人的情人。"

"是她的姨妈。"艾斯拉纠正希南。埃尔汗一直盯着盘子无法抬眼。

"那个贱人就是我。"阿丝勒挤出微笑。

希南大吃一惊。阿丝勒望着他脸上的表情，跟着他的思路从震惊转为恐惧，从恐惧转为愤怒。

"你还在见他，对么？"希南终于用责备的语气质问她。

"我不是像你以为的那样见他。"

"他深夜给你打电话，你就去了。这不是我以为的那样么？"

"我没有跟他偷情，我也不想在这里讨论这些。"阿丝勒说。无论他们觉得自己多么有罪，她也不要在半个小时之前才认识的人面前为自己辩护。

艾斯拉和埃尔汗像走错路一样退了回去。埃尔汗仍然无法抬头直视，明显很是自责。艾斯拉待会儿大概要因为提及这种话题训斥他。

"不！我们现在就要讨论它！"希南喊道。

阿丝勒望着希南的脸，感到了深深的悲伤。他完全混乱了，看起来仿佛在用自己的目光乞求她。他看起来似乎要说："请让我相信你。"很明显，他会接受她的任何解释，因为他想相信。告诉他真相就能结束这场对话，但是真相是骗人的……她没有和奥马尔发生肉体关系，但是感情上，她依恋着他。每日每夜，他都在她心上。她始终牵挂着他，她遇见的每一件美好的事物都会让她想起他。

"我没有和他发生关系……但是我爱他。"

她拿起手袋，起身走向大堂。她从希南的行李箱旁边提走了自己的箱子，离开了酒店。她钻进等在酒店前的出租车，下意识地回头，看见希南追着自己冲出来。她叫司机载她去另一家酒店，然后靠在了椅背上。

别再以这该死的爱的名义，自欺欺人了。

Chapter 37

　　她在新酒店的房间全部是白色的，透着一股贵族气派，美得毫无瑕疵。从这间让人享受至极的房间向外望去，仅仅是看着流水潺潺的庭院，都令人心旷神怡。待在这里，她的紧张就变成了放松。虽然她没有能力设计这样一个地方，但她足够明智选择了这里，她也因此为自己感到高兴。本来，她现在可能会待在巴黎众多阴郁的酒店中的一间里，不得不在铜床上睡觉。但与此相反，这个绝妙的房间对于一个刚从婚姻的边缘走回来的女人而言，就像一个氧气罩。她告诉自己，躺下来，休息，表扬自己赚了足够的钱能待在这里，再次慢慢回归正常生活。

　　当她手机响起的时候，她害怕那是希南。她不想回到他身边。她不想去诺曼底，也不想去地狱尽头。她惊讶地发现自己因为摆脱了他而如释重负，叹了口气。即使活到一百岁，她也不会了解自己。她以为她爱希南，但现在她问自己为何像卸去负担一般。她不知道答案。她明白失去挚爱的人是什么感觉，当她在鲁梅利堡的家里盯着天花板看了几个月的时候，她就知道了那种感觉。但现在，她一点也没有那种感觉。但她仍然感到难过，觉得完全不明白自己爱谁，不爱谁。手机还在响。看见屏幕上泽琳的名字，她释然了，接了电话。

"你好啊。"[1]

"结婚的事怎么样啦？"泽琳没打招呼就进入了正题。

"我挺好的。泽琳，你好吗？"

"别你好我好的了！你接电话说的是法语的'你好'，说明你挺不错的。你真的要结婚了吗？"

"谁告诉你的？"

"奥马尔打电话过来问是不是真的。我跟他说：'我怎么知道那个傻瓜在干什么？'老天，你该听听他的声音。他都要哭了。他已经崩溃了。"

1.原文为法语 Bonjour。

"希望他再惨点！"阿丝勒欣喜若狂地躺在床上。

"他已经绝望了。你就别操心了。但是告诉我怎么回事。我是指结婚的事。在我疯掉之前快告诉我！"

"希南求婚了，我答应了。"阿丝勒说，"我回去之后再跟你详说。现在我没时间。"阿丝勒知道泽琳没法闭上嘴，所以她打算迟点再告诉她当前的真相。让大家以为她要结婚的日子还得多几天。毕竟，阿丝勒不想缩减奥马尔的痛苦。

"好吧好吧。我过些时候再打给你。"

"泽琳……"

"怎么了？"

"奥马尔跟你说了什么？"

泽琳笑了。

"别笑！我就是好奇。"

"我向上帝发誓，你想结婚就是想让奥马尔昏过去然后死掉！"

"瞎说！"

"那好。等你回来我再告诉你他说了什么。拜拜！"

泽琳挂了电话，阿丝勒气得直咬牙。

在得知奥马尔的痛苦之后，她感觉好些了。她从客房服务点了一些吃的，打开 B&O[1] 电视，靠在了松软的枕头上。

---

1. 丹麦的电子影音设备品牌，是世界顶级视听品牌。

Chapter 38

做独身女人的坏处之一便是必须自己拉沉重的行李
箱。这让人难以忍受，尤其当女人的行李总比她自己还沉
的时候。当她终于拖着巨大的行李箱走到电梯时，她已是
汗流浃背。在地面上拖着行李箱跟把行李箱从汽车后备厢
拿出来相比，根本不算什么。当她回到自己的公寓，她发
誓再也不会带这么多的东西去旅行——这是一个她从来都
不会遵守的誓言……五天的旅程带八双鞋根本毫无意义，
但不幸的是，女人就是如此。每一件上衣都要单独配一件
内衣，每一条裙子都要有相应的靴子，每双鞋都要配单独
的外套，还有手套、围巾、珠宝首饰。而且，女人从来不
会用酒店的洗发水，对此她们会像触电般绕道而行。所以
她们要携带洗发水、护发素、泡沫啫喱、润肤乳、晚霜、
卫生巾——夜用的、日用的，长的、短的……有一条不走

运的规律：你的经期总是碰巧遇上假期。

她把硕大的行李箱放在玄关，冲进客厅坐下来抽了一支烟。她像离家好几个月似的，想要把家里每一个角落都仔细看一遍。我亲爱的家，我亲爱的沙发，我美妙的烟灰缸，这健康的仇敌和灵魂的伴侣，她心想。回家的感觉真好。如果她还有力气，她会给自己倒一杯酒，但她懒得折腾了。她已经在搬行李的时候用尽了力气，所以抽上一根烟已经让她很满意了。她想给泽琳打电话，但她知道，如果自己表现得太过好奇，泽琳的嘴不会放过她的。

她走到卧室，从柜子深处拿出一个鞋盒，里面装满了与奥马尔有关的东西：他给阿丝勒买的两条项链，他给她写的纸条，他的一本书，几张照片，生日蛋糕的三根蜡烛，他写着"我的爱"的纸巾，某天早上他在枕头上留下的用布剪出的小红心，他们在海滩上发现的外形怪异的卵石，以及一把牙刷。虽然每次搬家阿丝勒都带着这个盒子，但打开它之前，她总是害怕得喘气，就好像会有一个邪恶的妖怪跳出来。她已经不记得上次打开盒子是什么时候了。

她拿出照片，摆在床上。它们没有变白，但是有一点褪色了。它们是七八年前技术的产物。她注视着照片里自己孩子气的脸，微微笑了。那时候她多么年轻……她觉得自己那时候太年轻了，无法承受当时那沉重的打击。所有的这些照片里——有五张——她站在奥马尔身边，笑容满面。她那时候满心欢喜，和奥马尔在一起就足够了……

有人敲门。泽琳快步走进来的时候，阿丝勒还在努力拉着行李在玄关腾出空间。每次泽琳的到来，都会使气氛陡然转变——她会把五个人的能量带进来。

泽琳抱住阿丝勒。"好，好。我们的新娘回家了……新郎在哪儿？"阿丝勒发现她的朋友显然很高兴希南不在这里，因为这样，她才可以安静地和阿丝勒说话。她抓住阿丝勒的手臂，把她拉到客厅，挑了个好座，点了一根烟。

"好啦，快告诉我。我都快好奇死了！说真的，你真要结婚了么？"

"不。"

"什么时候？"

"我说不，傻瓜。你聋啦？"

"'不'是什么意思？"

"就是不，看在我过世的母亲分上！上帝啊！不——我不结婚。"

有时候，人需要一点时间才能恍然大悟。泽琳面无表情地盯了阿丝勒将近一分钟。

"你不结婚了？"

"不。我们分手了。掸掸你的烟灰。"

"为什么啊？"

"因为你坐的是 Minotti[1] 的椅子。"

"哎呀！你就不能给我一个正常的回答吗？你们为什么分手了？"

阿丝勒说了一下事情的大概。或许泽琳听得太兴奋，从头听到尾没有问一个问题或者插一句评价。

"哇！"她终于说道，"我猜现在你肯定会回到奥马尔身边了。"

"为什么？他也跟你上床了还是怎么的？"

"喂，你老抓着纳兰的事不放。对了，前两天我遇到

---

1. Minotti，意大利家具品牌。

她了，她好像有意要跟你讲和。"

"我对纳兰没有兴趣。就算我没有发现他们的事，我也不会回到奥马尔身边。看看我！他毁了我的生活。他毁了我。我失去了爱的能力。我无法依恋任何人。每次我觉得找到了真命天子，都会有不好的事情发生。我遇见了希南这样的人，我决定嫁给他，但终究没有用。你知道最可怕的事情是什么吗？我失去了希南，但我在乎吗？不！我不能爱上谁了。我甚至都不会因为失去谁而难过。至于回到奥马尔身边……那个家伙并不想要我。他为了别的女人离开了自己宝贵的妻子。他和我最好的朋友上床。告诉我，我看起来有那么傻会给这么一个男人再次伤害我的机会？我当时还只是个孩子，见鬼！一个孤独的小女孩。一个陷入爱情的傻姑娘。但他是个成熟的男人。既然他没能做出选择，我就得做。我永远不会原谅他。我可以原谅纳兰，但不是他。"

"但他这么爱你。"

"放屁，他爱我？！"

"他总是说他把一切都搞砸了。"

“是的。”

“还有一件事……他说了些让我感到很可怕的话。”

阿丝勒倒吸了一口气。她又点了一根烟，说：“他说了什么？”

“他问我：‘你觉得阿丝勒爱过我吗？’”

阿丝勒感觉到喉咙里有什么哽住了。

“你怎么说的？”

“我哭了……”

Chapter 39

"我深知自己经受的痛苦。那些漫漫长夜，我的恐惧，我的担忧，我的疑虑……我知道的就和我哭过的一样多，也像我明白的一样多。我只了解我自己以及这个故事中我的那部分。那他所经历的呢？当我为他哀伤了那么多年，深入灵魂，历经创伤，他却来问我是否爱过他。也许他也曾度过无数个无眠之夜，也许他的心里也有千百个洞在流血。谁知道呢？也许他也曾挣扎着躲避这支爱的毒箭。"

泽琳几个小时之前就走了，之后阿丝勒就一直在和自己作心理斗争。她觉得好像听见脑海里五个不同的女人在说话——五个女人打得难解难分。过去几年里最沉默的那个女人声音最高。现在，就是这个女人在喋喋不休……

七年前，阿丝勒第一次离他而去的时候，他不是敲了她的门么，他不是说"我愿意做任何你想要的事"么？如果阿丝勒无视自己的骄傲，让他离开达雅，他可能就会照做了……难道不是阿丝勒消失得无影无踪么？不是她警告泽琳、纳兰和艾拉，如果奥马尔问起，就告诉他，她很健康快乐么？这么多年过去了，她现在有什么权利因为奥马尔和别人结婚而生气呢？

纳兰是另一件事了。确实，奥马尔做过很多错事，但在他们的交往中，阿丝勒也犯了很多错误。她也会动不动就生气，太过骄傲，有时候还太自负。

她抽了满满一烟灰缸的烟，都快要吐了，便立刻上了床。她整夜翻来覆去，但脑海里的那个女人始终没有闭嘴……

你所以为对我的认真与执著，
都不构成爱我的资格。
你总不记得，我要的爱是独一无二。

Chapter 40

　　她刚到办公室，就被告知阿里·卡利姆想和她谈谈，就连两分钟的安宁也没有！

　　锤头鲨兴高采烈地跟阿丝勒打招呼，好像上个星期他俩没有互掐过一样。

　　"来来，坐下！告诉我，巴黎怎么样？"

　　"挺好的。"阿丝勒说。

　　阿里·卡利姆盯着阿丝勒，身体往后靠。他打算发表一场他认为很重要的讲话。

　　"阿丝勒。"他说，"我们最近都不太好过，我们对彼此都太粗暴了。我想要为我对你做的事情道歉。我会用一切办法来弥补我对你的事业造成的损害。"

　　"谢谢你……我也为发火辱骂了你道歉。那些不是我对你的真实想法。"其实，那些就是真实想法。但结束这场战争对阿丝勒也很合适。

"我还想说，纳兰非常非常难过……她和我已经分手了。其实，她想缓一缓。你不知道，失去你这个朋友，她有多难受。"

"我也很难过。"

"你不觉得你们俩可以讲和吗？"

"还不是时候。可能过阵子吧。"阿丝勒说。未来的某一天，她会和纳兰和好的，但不是在她的伤口还没愈合的时候。她甚至不确定，自己是否能忍受再看到纳兰的脸。不过，纳兰和阿里·卡利姆分手了，或者暂停关系了或是别的，她为此感到高兴。

当她从锤头鲨的办公室出来，她已经感觉好多了。谢天谢地，这天她有很多工作要处理，时间快得难以置信。就在她准备离开办公楼的时候，泽琳打电话来了。她听起来特别激动。

"我刚跟奥马尔说了话！他一心一意扑在你身上！当心，你可能会发现他来敲你的门……我没告诉他你和希南分手了。我觉得如果我说了，你会跟我发火的。不过奥马尔说，他会想尽一切办法劝你改变心意。他说，他会去找你，如果需要的话，他每天都会求你。"

"他想怎么求就怎么求吧。"阿丝勒说，"我真不在乎。我想在没有任何男人打扰的情况下生活一段时间。明白了么？我要戒掉感情！"

"你想干什么破事就干吧！"

办公室门开了，阿丝勒的那个皮包骨的秘书走了进来。今天早晨，阿里·卡利姆把她派回了原来的岗位，这姑娘很高兴。她满面笑容地把一个大包裹放在阿丝勒的桌子上。广告公司大概把初步研究送来了。

阿丝勒挂了电话，打开了包裹。她的第一反应是捂住嘴。然后她跌坐在座位上。在她面前的，是朱莉德去世后，她因为生活拮据而不得不卖掉的一幅画。最美的那一幅……她最珍爱的那一幅……她甚至某天夜里梦到过这幅画。

她点了一支烟，读了画布背后贴着的纸条："我找这幅画找了很久，但远不及我找你找得那么久……"

这是奥马尔的笔迹。

Chapter 41

午夜早已过去。她像虫子般一动不动地蹲在沙发上已经两个小时。突然，她跳起来，跑向浴室。她拿出那件很衬自己肤色的绿色高领套头衫和新买的牛仔裤。她匆匆忙忙地穿好衣服，在脸上扑了点粉，整了整头发，没关灯就跑出家门。

她要去找奥马尔。去找她的爱，她爱的男人，她唯一幸福的机会……她要敲开他的门，除非到生命最后一刻，她决不再离开那里。她要紧紧地拥抱他，世上没有任何力量能把他从她怀里带走。他们两个都付出了爱的代价，因此也都有快乐的权利。除了他们还会是谁？她不愿像一个傻瓜一样活着，不愿始终郁郁寡欢，不愿在养老院里孤独终老。她想和奥马尔一起看每一部电影，品尝每一种食物。假如她患了癌症，应该是奥马尔带她去做化疗。

她发动引擎的时候，全身都因欢乐而颤抖。海岸公路毫无生机，昏暗无光，但在阿丝勒看来却熠熠生辉。*我永远也不会忘记这条路*，她心想。当她在贝贝克地区狭窄的街道上行驶时，她几乎控制不住自己的喜悦。再过几分钟，她就会窝在奥马尔温暖的床上，步入新生活。一起吃饭的那天晚上，她就发现了他的住处。她很熟悉这片地方，所以凭借奥马尔的描述立刻就断定了奥马尔家的位置。如果楼下没有门铃，她就打电话给他——但如果他关机了呢？她不知道他家里的电话。那她就会叫醒门卫。如果有必要，她会叫醒楼里每一个人。就让他们说这是奥马尔疯狂的爱人吧！谁在乎！

她抵达公寓之前，把车停在了一片空地上。晚上这个点几乎不可能在这个地区找到停车位，所以她没打算去附近的停车场碰运气，便从车里出来了。她只需要再走几步。如果可以的话，她还会如此激动地一路跑到首都安卡拉。

夜色很黑，但她一点也不害怕。她离公寓楼越来越近，心跳得越来越厉害——就好像她真的跑到了安卡拉。当她认出了奥马尔的车，笑容浮现在她的脸上。她想抚摸这辆

车。她想拥抱、轻抚这世上所有属于奥马尔的东西。活着
真美妙啊!

　　这时候,她意外地看见奥马尔的宝马旁边那辆绿色
的 Polo。纳兰的 Polo……阿丝勒在银行为纳兰签字做担
保人买的那辆 2003 款……后视镜上挂着一只小鸭子的
Polo……

　　她伸出手,触到汽车寒冷坚硬的引擎盖。它就和冰一
样。她一动不动地站了一会儿。她以为落在手上的泪水是
雨点,但没想过为什么雨水会在她的脸上留下带咸味的痕
迹。

　　她沿着来时的路走回去,脑袋垂在纤弱的脖子上,如
同折断的树枝。这天午夜,伊斯坦布尔一滴雨也没有下,
但她一路开着雨刷,直至回到了家。

著作权合同登记号：桂图登字：20–2015–004号

Aşka Şeytan Karışır（The Devil Gets the Better of Love）
Copyright © 2006 By Hande Altayli
Simplified Chinese language edition published in agreement with Kalem
Agency through The Grayhawk Agency.

图书在版编目（CIP）数据

再见之后，说再见 ／（土）艾特利（Altayli, H.）著；陈阳译.—南宁：广西
科学技术出版社，2016.1（2016.5重印）
ISBN 978-7-5551-0498-8

Ⅰ.①再… Ⅱ.①艾…②陈… Ⅲ.①长篇小说-土耳其-现代 Ⅳ.①I374.45

中国版本图书馆CIP数据核字（2015）第244616号

ZAIJIAN ZHIHOU SHUO ZAIJIAN
再见之后，说再见

作　　者：[土] 汉蒂·艾特利　　　　　　　　　译　者：陈　阳
策划监制：孙淑慧　　　　　　　　　　　　　责任编辑：孙淑慧　张　琦
责任审读：张桂宜　　　　　　　　　　　　　版权编辑：孙淑慧
整体设计：视以設計館　　　　　　　　　　　责任校对：曾高兴　田　芳
责任印制：林　斌

出 版 人：韦鸿学
出版发行：广西科学技术出版
社　　址：广西南宁市东葛路66号　　　　　　邮政编码：530022
电　　话：010-53202557（北京）　　　　　　0771-5845660（南宁）
传　　真：010-53202554（北京）　　　　　　0771-5878485（南宁）
网　　址：http://www.ygxm.cn　　　　　　　在线阅读：http://www.ygxm.cn

经　　销：全国各地新华书店
印　　刷：北京富达印务有限公司
地　　址：北京市通州区潞城镇前北营村　　　邮政编码：101117
开　　本：787mm×1092mm　1/32
字　　数：121千字　　　　　　　　　　　　印　张：8.5
版　　次：2016年1月第1版　　　　　　　　 印　次：2016年5月第2次印刷
书　　号：ISBN 978-7-5551-0498-8
定　　价：36.80 元